Pour Clara

Nouvelles d'Ados

FLEURUS

Publié avec le concours de la Fondation d'entreprise La Poste.

www.fondationlaposte.org

Et le soutien de la mairie de Paris.

FLEURUS

www.fleuruseditions.com
ISBN : 978-2-2151-8210-8
MDS : FS82108

« Loi n° 49-956 du 16 juillet 1949 sur les publications destinées à la jeunesse, modifiée par la loi n° 2011-525 du 17 mai 2011. »

Sommaire

Albertine Chastagnier

L'Amour comme une plume

J'ai toujours aimé les mots. Qu'ils soient doux ou râpeux, je les observe, je les écoute. Jusqu'au milieu de mon année de cinquième, ça n'allait pas plus loin. On avait déjà complimenté certaines de mes rédactions – que je prenais plaisir à composer – et ma professeure de français en sixième m'avait même conseillé de partager mes textes sur une plateforme numérique. Mais cela ne faisait pas sens pour moi à cette époque.
Petit à petit, je me suis rendu compte que le geste même d'écrire était facile et agréable – je parle d'écrire avec un stylo ; je déteste taper à l'ordinateur !
Puis en janvier 2021, j'ai vu l'adaptation cinématographique d'un livre dont le personnage principal m'a réellement touchée. J'ai réussi à être en parfaite empathie avec lui ; je me suis alors dit, comme il était évident que je ne le rencontrerais jamais : « Albertine, à défaut de lui parler avec ta voix, parle-lui avec ton stylo. »
J'ai écrit. Un mercredi matin, en permanence, sur une copie double.
Et j'ai lu le livre original, au passage, qui ne m'a pas déçue...
Aujourd'hui, j'ai quinze ans ; cela fait donc deux ans et demi qu'en plus d'observer et d'écouter les mots, je les assemble. J'écris partout et tout le temps.
Cette nouvelle est née parce que j'ai une fascination pour les prénoms androgynes. On peut tous être Camille, ou être la Frédérique de quelqu'un, ou les deux en même temps.
Je dédie cette nouvelle à l'hirondelle que l'on connaît tous, que l'on admire tous, qui est pour chacun différente mais qui, chaque année et seule, fait notre printemps.

Camille se rappelle son enfance. La douleur, les larmes qui coulent et les cris perçants, mais aussi la douceur, les rires qui s'envolent et les regards brillants. Il se rappelle, il tente d'être le plus précis possible dans ses souvenirs ; chaque instant, chaque sourire. Tout le chemin qu'il a parcouru, avec elle d'abord, avec elle, sa mère. Il n'a pas manqué d'amour, Camille, il le sait, il se rend compte maintenant de la chance qu'il a eue de recevoir tout cet amour. Camille est fils unique. Quand il était petit, Carina l'emmenait tous les dimanches au zoo. Ils connaissaient toutes les bêtes par leur prénom, et Camille disait : « Maman, maman, viens, on va voir Émile ! » Émile était un grand orang-outan, il était né dans ce parc, il faisait partie des anciens ; l'un des piliers du zoo. Souvent revenait aussi : « Maman, j'veux voir Zora, j'veux voir Zora, viens ! Tu crois qu'elle sera de bonne humeur aujourd'hui ? » Le petit garçon était fasciné par la femelle guépard, à la silhouette souple et élancée, qui arpentait sans relâche et jusque dans les moindres recoins son enclos, en sautillant quand elle était joyeuse ou en traînant la patte et en grognant lorsqu'elle était tracassée. Mère et fils pouvaient rester de longues heures à observer les bêtes, à les écouter, à les imiter, à chercher leur regard pour voir leur réaction.

Camille se souvient de ce jour comme si c'était hier, bien que cela remonte à plus de quinze ans. Le jour de sa première transformation. C'était l'hiver de ses cinq ans, il venait tout juste de les fêter. Le petit garçon se tenait accroupi devant la cage de Brune, la jeune chouette effraie. Elle était arrivée l'année précédente et Camille avait tout de suite établi une connexion avec elle. Tous deux restaient immobiles, les yeux mi-clos, chacun semblant lire les pensées de l'autre ; même Carina, d'ordinaire à l'aise avec les oiseaux, ne parvenait pas à cerner l'animal. Brune était toujours silencieuse : jamais un cri, jamais un son, ne serait-ce qu'un timide hululement. Non, jamais. Ce jour-là, Camille était tout fier d'annoncer à son amie qu'il avait désormais cinq ans, et lorsque le garçon avait tendu la main ouverte en soleil devant l'oiseau, rapidement on l'avait vu se couvrir de duvet, puis de longues plumes blanches, tandis que l'enfant s'était senti rapetisser à toute allure. Il n'avait pas eu le temps de réaliser vraiment ce qui se passait, que déjà Carina l'entourait de ses bras et l'emmenait d'un pas pressé dans leur cachette favorite du parc : sous un immense saule pleureur protégé par des buissons d'aubépine.

Une image le traverse : sa mère se penchant sur lui, parlant sans discontinuer d'une voix douce et apaisante; une voix qu'il n'avait jamais entendue, il aurait pu le jurer, mais qu'il semblait déjà connaître. Cette image lui revient avec tant de précision qu'une larme coule sur sa joue, toute seule, sans qu'il l'ait sentie venir. Il revoit sa mère, son visage fin, ses yeux en amande d'un bleu voilé piqueté de gris à demi cachés par de longues mèches rousses et ondulées, lui murmurant des paroles rassurantes : «Ne t'inquiète pas, ça va passer, tu n'as pas mal? Tu es comme elle, pour un instant, comme Brune. Tu l'as rejointe, tu étais tellement enthousiaste à l'idée d'être grand que ton corps de petit humain n'a pas su retenir ta joie... Tu sais, les animaux sont plus expressifs que les humains, c'est naturel, ne t'en fais pas, tu seras à nouveau humain bientôt, Camille, mon garçon, mon petit...» Camille se rappelle, il est certain qu'elle a pleuré à ce moment-là, des larmes scintillantes, des larmes de fierté.

Mais après, il avait fallu que son père l'apprenne. Le soir même, dès que Carina était revenue à la cuisine après avoir bordé son fils, Romain avait grondé :

– Alors, ça y est ? Notre fils est un monstre ?

Les mots avaient jailli de ses lèvres avec une violence surprenante. Ses yeux d'un habituel gris clair avaient durci, noirci, tant que la lumière ne se reflétait même plus dans les prunelles.

– Non... Romain... tu sais bien, avait murmuré la jeune femme le plus doucement possible.

– Que sais-je ? Que notre enfant devait tôt ou tard devenir une bête ? Comme toi ?

Il hurlait presque. Le visage enfoui sous l'oreiller, Camille avait peur. Ce n'était pas le père qu'il connaissait. Ce n'était pas son père.

– Oui, je le savais, avait-il repris, faussement calme, je les ai vues comme toi, les petites plumes blanc ivoire sur le dos des mains, sur les épaules, et la lueur jaune, encore une lueur dans les yeux, dès que la sage-femme a posé ton fils, notre fils, sur ton ventre. Je savais que cet enfant serait un enfant étrange, comme toi ! Je le savais, oui, parfaitement, mais je ne pensais pas qu'il changerait si vite. Je voulais avoir un fils normal, qui crie et pleure quand il fait un caprice ; pas une vraie chimère !

Alors que son père prononçait ces mots, l'enfant avait senti à nouveau les plumes et les griffes monter, et il s'était recroquevillé sous la couette.

– Romain, stop, s'il te plaît, tu vas le réveiller, l'avait-elle interrompu.

Il s'était calmé.

– Pardon, Romain, avait continué Carina, pardon. Tu voulais un enfant, moi aussi ; c'était une possibilité, je te l'avais dit... Mais tu étais aveuglé par l'impatience, la hâte d'être père. Une femme renarde, peu t'importait, j'étais tout pour toi...

Le ton était neutre, infiniment calme et dénué de peur.

– Mais toi, 'Na, avait repris Romain après un silence et d'une voix blanche, toi c'est différent, tu le vois bien !

– Oui c'est différent, je vis avec ce trouble depuis que j'ai son âge ! Avec le temps, j'ai appris à calmer les crises, avait expliqué la jeune femme. Je suis passée par là aussi, le contrôle n'est venu que bien plus tard...

– Non, toi tu es forte, 'Na... Pas lui...

Puis le souvenir devient trouble, comme si les années avaient glissé un voile granuleux sur la fin de la scène. Camille se rappelle seulement avoir beaucoup pleuré, encore, ce soir-là. Il se dit que ce doit être les larmes qui brouillent tout.

Depuis ce jour, Camille ne saurait dire si sa vie est devenue un véritable enfer ou une suite de simples bonheurs. Bien sûr c'était troublant, au début, de changer d'apparence au moindre mouvement d'humeur. Une joie un peu forte, un dégoût qui monte, une mélancolie plus profonde, et systématiquement, ça se produisait : les plumes, longues et soyeuses, les sens décuplés, et les émotions aussi. L'impression d'être tout près de Brune. Il avait même repéré un trou dans le grillage, et dès qu'il le pouvait, il se glissait dans la cage avec elle. Tous deux restaient silencieux, côte à côte sur leur branche à la vue des visiteurs qui se demandaient d'où venait ce deuxième oiseau et pourquoi il n'était pas présenté sur le tableau explicatif.

Durant cette période, il avait peu échangé avec son père. Peut-être celui-ci le fuyait-il... Un manque creusait doucement le cœur du petit garçon, mais tout l'amour apporté par Carina venait combler ce cœur, et si le silence de son père était le prix à payer pour recevoir les doux mots de sa mère, alors il était fier de le payer, ce prix, se disait-il.

Désormais, Romain limitait les sorties au zoo. Il restait enfermé dans son bureau, avec l'ordinateur. Codage, cryptage, décryptage, lignes binaires et assidues. Camille était un peu mal à l'aise face à lui, mais il évitait d'y songer, préférant détester son voisin de classe qui lui piquait tout le temps sa règle, plutôt que son père qu'il aimait et qu'il ne doutait pas de retrouver plus loquace chaque soir.

Camille ne se transformait pas en oiseau à l'école. Il restait calme, voire un peu absent. Pour son âge, les adultes le disaient « pas très dégourdi ». Sa mère corrigeait sans cesse les enseignants : « Il est rêveur, Camille, c'est tout. » En dehors de cela, il était plutôt bon élève. Il ne se rappelle pas avoir un jour entendu une quelconque remarque se rapportant à autre chose qu'à sa rêverie.

Ça, ça a changé au collège.

Beaucoup de choses ont changé, au collège. La disparition de sa mère, d'abord, l'hiver de ses onze ans. Elle est partie un soir qu'elle s'était vivement disputée avec Romain. Les mots ont sifflé, la porte a claqué, le froid l'a engloutie. Elle est partie. Elle était très fâchée. Camille avait vu la scène, furtivement, les oreilles rousses et canines, le regard abyssal et les griffes aiguisées. Il l'avait vue se transformer, elle, sa mère, la plus gentille, la plus douce, la plus belle, elle s'est transformée, complètement, comme cela ne lui était pas arrivé depuis sa naissance.

Elle est partie.

Maintenant, Camille sait au fond de lui qu'elle est toujours un peu là. Qu'elle a toujours été là, en vérité. Mais à l'époque, il était petit garçon, pas encore jeune homme. Alors quand son père lui avait dit, un soir, d'une voix blanche : « Camille, mon fils, tu vas prendre le sirop du docteur Launey », il avait répondu : « Oui, papa ».

Il savait ce que c'était, ce sirop. Carina lui en avait déjà parlé. Elle lui avait interdit de le prendre, sous aucun prétexte. Elle lui disait qu'il était grand, qu'il était fort et qu'il ne devait pas taire ses émotions. Que le monde entier devait le savoir, quand il était en colère, triste ou fier. Carina l'avait bien mis en garde : « Attention, Camille, ce sirop va t'empêcher de te transformer, il va t'enfermer dans ton corps d'humain ; tant que tu seras sous son effet, tu ne ressentiras ni peur, ni peine, ni plaisir... Camille, mon garçon, mon petit, ce sirop est une prison, je te le jure. »

« Oui, papa », il avait répondu. Parce que son père, alors, c'était tout. Il se rappelle, Camille, qu'il avait eu quand même un peu de mal à répondre cela, les paroles de sa mère résonnant encore comme un carillon dans sa tête. Mais il avait sagement dit : « Oui, papa », parce qu'il avait vu toute la supplication, toute la détresse dans les yeux de son père ; parce qu'il avait compris que sa mère était partie et tous ses interdits avec. Il l'avait perdue, elle, il ne pouvait pas perdre le seul être cher qui lui restait.

Au début de la cinquième, les cachets se sont substitués au sirop. Il allait jusqu'à en prendre pendant les cours. Avant, quand un camarade lui chipait sa gomme, il disait bien haut : « Maîtresse ! Il m'a volé ma gomme ! », et cinq minutes plus tard il avait oublié l'incident et riait avec les autres. Maintenant, il ne criait plus, il avalait tout de suite deux cachets bleus et ruminait en silence. Il était devenu distant et irritable. Il n'avait pas de vrais amis. Quelques potes. Vite fait. Il préférait rester seul. Les autres élèves parlaient dans son dos et les profs le sanctionnaient à chaque fois qu'il ne savait pas répéter ce qu'ils venaient de dire.

Il n'allait plus voir Brune.

Il n'allait plus au zoo.

Il ne sortait plus.

Il n'était pas malheureux non plus. Il ne pensait pas à l'école primaire, à son enfance ; il n'était plus enfant, ça, il le sentait.

La cinquième avait été longue, et pourtant pas autant que la quatrième. Marthe Cottyniez. Elle l'avait harcelé. Avec conscience et patience. Avec passion. Elle se débrouillait toujours pour se mettre avec lui en binôme, dans le rang pour aller au stade, elle l'attendait à la sortie des vestiaires, à la sortie de chaque cours, à la sortie du collège. En début d'année, elle lui avait glissé, en montant en cours d'histoire, un « je t'aime », comme ça, sans prévenir. Il avait laissé passer le cours, et le suivant, puis il lui avait dit, pour l'effrayer : « Arrête, tu es amoureuse d'un fantôme... » Les vacances de la Toussaint étaient arrivées. Et au retour, il avait mis du temps avant de la reconnaître.

Il se souvient d'une fois où elle avait réussi à le pousser contre un mur tellement il était shooté par les cachets. Elle l'aurait sans doute frappé jusqu'au sang s'il n'avait pas réalisé à temps ce qui se passait et prononcé du bout des lèvres : « Arrête ça, tu t'épuises pour rien ! » Elle avait hurlé : « Qu'est-ce que tu en sais ?! » et elle était partie en pleurant. Il avait eu mal. Quelques bleus, certes ; mal aux sentiments, surtout. Mal au fond de lui.

Marthe restait la seule fille qui s'était intéressée à lui. Mais il n'était pas prêt. Sur le coup, il n'avait pas compris. Il n'avait pas la tête à ça.

Il avait demandé à son père de changer de collège pour la troisième. Ils avaient déménagé. Romain voulait le préserver car il savait que son fils était un enfant fragile et qu'un rien pouvait faire basculer sa vie dans un sens ou dans l'autre.

Le nouveau collège était plus petit. Camille en avait déduit qu'il serait plus visible mais, pour compenser, qu'il y aurait moins de gens pour le juger. Il aimait bien leur nouvel appartement aussi. Il s'y sentait en sécurité, sans pouvoir expliquer pourquoi. Quand il y repense, l'année de troisième a été la moins chaotique de son collège. Il se calmait avec les cachets. Il a rencontré Max, qui est devenu son meilleur ami. Camille n'avait jamais vraiment eu d'amis. C'est Max qui lui a dit, quand ils ont fait un stage de voile ensemble lors des vacances de Pâques : « Tu penses pas qu'on est plus que potes, là ? » Il n'a pas répondu tout de suite. Max a continué : « *Bro*, si tu veux mon avis, on n'est pas loin de "meilleurs amis" à ce point. » Camille a souri. Un peu maladroitement, et ça a fait rire Max. À la fin du stage, ils se sont promis de s'inscrire ensemble au club l'année suivante.

Ça lui a fait du bien, à Camille, de rencontrer Max. Beaucoup de bien. Ça l'a libéré. Il espaçait de plus en plus les prises de cachets bleus. « C'est bon, papa, je vais bien. Oui, j'en ai pris ce matin, ça va... » Romain savait que c'était faux. Il voyait briller les yeux de Camille, cette lueur dorée que les cachets effaçaient chimiquement. Mais il ne relevait pas. Son fils allait bien, c'était l'essentiel.

Un soir qu'ils ramenaient Max, Romain l'avait pris à part quelques instants, juste pour le remercier d'être comme il était avec son fils. Max avait répondu un truc du genre : « Y a pas de merci qui tienne, monsieur, on est meilleurs potes, c'est tout. » Romain avait souri. Les deux garçons étaient inséparables.

Le souvenir de cette époque lui fait monter l'émotion aux joues. Ou peut-être est-ce déjà la pensée de ce qui est advenu quelques mois plus tard...

C'est le deuxième jour de sa vie dont il se souvient le plus nettement. Un jeudi. Pendant les grandes vacances qui séparent la troisième de la seconde. Ils étaient partis deux semaines pour changer d'air. Tout près d'une immense forêt de chênes. Camille s'y promenait seul, cet après-midi-là. Il voulait se transformer complètement, ça lui manquait. Les cachets avaient des effets hormonaux puissants qui ne se dissipaient pas en quelques heures seulement. Il n'avait pas consommé de cachets bleus depuis les épreuves écrites du brevet, soit presque un mois. Romain avait décidé de ne plus se mêler de ça, l'avait dit clairement, et Camille s'était senti beaucoup plus léger, d'un coup.

Il a donc laissé s'effacer sa mélancolie en retrouvant avec un extrême soulagement les plumes blanc cassé, les sentiments et les émotions accrus, et une profonde confiance en lui. Soudain, il a entendu un bruit dans les feuillages, en dessous. Il s'est dépêché de se poser sur une branche; descendre doucement pour reprendre forme humaine. Assis sur la mousse, adossé contre un large tronc, il avait l'esprit encore tout embrumé par l'intensité de ses quelques minutes de vol. Tout à coup, une fille est apparue devant lui. Son visage, d'abord, à l'envers parce qu'elle était suspendue à une branche la tête en bas. Ses cheveux châtains tombaient droit, parsemés de reflets violets. Elle avait un visage fin et des sourcils en broussaille. Les yeux verts. Très verts. Un peu dorés aussi; des petites paillettes, un pétillement qu'il n'avait jamais vu chez personne d'autre auparavant. Elle l'a regardé de très près, comme ça, pendant un instant, puis elle s'est laissée glisser le long de l'arbre pour s'accroupir devant lui. Camille se souvient très bien comment elle a plissé les yeux et le sourire fin qu'elle avait aux lèvres quand elle a soufflé : « Tiens, un p'tit korrigan ! » Puis elle a longtemps parlé. Il n'a pas tout saisi mais il se rappelle de bribes de son monologue : « On voit pas grand monde par ici... beaucoup de gens qui ne viennent qu'une fois puis qui disparaissent... Toi par exemple, je ne t'ai jamais vu... D'ailleurs qu'est-ce qui t'amène ? Tu reviendras ? Pourquoi tu as les yeux qui brillent autant ? Moi j'aime bien, ici... c'est beau, tu ne trouves pas ? » Il n'avait pas répondu à toutes ces questions, seulement osé murmurer : « Comment tu t'appelles ? »

Elle s'était tue en entendant la voix de Camille. Elle l'avait regardé à nouveau dans les yeux, comme pour partager leur lumière, et elle avait répondu tout doucement : « Frédérique. »

Frédérique.

Il se souvient avoir demandé à ses parents, quand il était petit, comment il se serait appelé s'il avait été une fille.

Frédérique.

Frédérique... Quelle surprise ça a été de la retrouver dans sa classe en seconde ! Quand il l'a vue dans le rang, il a eu trop peur d'aller lui parler. Elle lui a fait un petit signe de la main lorsqu'ils sont arrivés en classe. Elle avait les cheveux détachés, comme le jour de leur rencontre. Elle portait un sweat vert pomme très large, un pantalon bleu clair avec des taches de peinture, et des mitaines noires ajourées, pour le style. De longues boucles d'oreilles couleur émeraude aux contours dorés tombaient presque sur ses épaules. Elle avait l'air à l'aise, comme si elle faisait sa rentrée ici chaque année. Camille, lui, était tendu. Il n'avait pas pris de cachets ce matin, il s'était dit : « Confiance ! »

Mais il n'a pas tellement envie de repenser à ce premier jour. Max n'était pas dans le même lycée, mais il le voyait au club de voile le samedi et le mercredi. Max voyait bien, depuis la rentrée, que son ami changeait. Ça lui plaisait. Quand ils s'étaient rencontrés, Camille était très timide, très solitaire, toujours dans ses pensées. Il n'était pas rare que Max dût répéter deux ou trois fois la même chose pour que l'adolescent saisisse vraiment ses paroles. Désormais, Camille devenait plus loquace, osait regarder les autres dans les yeux, souriait différemment, « mieux » dirait Max, parce qu'il avait retrouvé le sens d'un sourire. Elle lui avait réappris. Elle, Frédérique.

Au début de l'année, ils ne se voyaient pas en dehors des cours. Parfois ils se mettaient en binôme pour les travaux de groupe. C'était toujours Frédérique qui venait le chercher. Ça ne le dérangeait pas, lui, de travailler seul, et c'était souvent autorisé. Mais il ne déclinait jamais lorsqu'elle traversait la classe pour lui demander : « On se met à deux ? » La première fois qu'elle a fait ça, il s'est dit : « Elle a pitié... », pourtant ça lui a fait un peu plaisir quand même. Frédérique s'est présentée pour être déléguée, avec une autre fille et deux garçons populaires. Elle a été élue, avec un des garçons.

Et puis un vendredi, il l'a trouvée dans le couloir à la sortie du cours. Un cours de SVT, il se rappelle... Il a été surpris qu'elle l'ait attendu car il avait parlé longtemps avec le professeur, comme il aimait souvent le faire – dans quelque matière que ce soit. Il est sorti, il l'a vue avec son bouquin, assise sur l'appui de fenêtre. Elle a tout de suite levé les yeux et lui a lancé :

– Camille, je t'attendais, je voulais te dire quelque chose...

Il a remarqué qu'elle portait des vêtements amples, encore plus que d'habitude, lui a-t-il semblé. Il n'a rien dit, sans paraître non plus désintéressé. Elle a continué :

– Je voulais te demander, est-ce que ça te dit qu'on aille en ville ensemble mercredi après-midi ? Mais si tu n'es pas dispo, c'est pas grave ! Enfin non, c'est pas « pas grave », je m'en fous pas que tu sois pas dispo ; enfin, c'est juste qu'on peut faire ça à un autre moment si ça te va mieux...

Elle avait parlé très vite et Camille avait ri ; pas pour se moquer, ça l'avait seulement amusé, comme elle avait eu du mal à être claire. Là, il a parlé :

– *Yes*, je veux bien, mais pas mercredi, j'ai voile avec Max. Plutôt un autre soir dans la semaine, ça t'irait ?

Son aisance l'avait surpris lui-même.

Elle a hoché la tête et a lancé :

– Mardi ?

Très bien. Alors mardi.

Camille se souvient de ce moment-là. Ils ont descendu les trois étages côte à côte, ils ne savaient pas trop quoi dire. Alors ils ont ri. Les couloirs étaient vides, ça résonnait carrément. Toute la tension accumulée depuis la reprise des cours, la tension de début d'année s'est évaporée. Camille a senti les plumes poindre sur ses mains, alors il les a enfoncées dans ses poches. Il se doutait que la lueur jaune doré était revenue. Ils ont continué de rire. La porte sur la cour était fermée, ils se sont arrêtés dans le hall, le temps de se calmer. Ils se sont regardés longuement, puis elle a dit :

– J'aime bien quand tes yeux brillent comme ça.

Ils ont ri à nouveau, encore un peu, avant d'ouvrir la porte et de se diriger vers les casiers, le sourire aux lèvres. Camille avait remarqué que les prunelles de Frédérique, elles aussi, scintillaient très particulièrement. Il sourit quand il y repense : à l'époque il s'était juste dit : «La fièvre du vendredi soir... On connaît tous!»

Le lendemain, au club, Max lui avait glissé :

– Toi mon vieux, ça va trèèès bien, on dirait...

Camille lui avait mis un coup de coude dans le bras et l'avait précipité dans les vagues. Max avait crié :

– Quoi! Je dis que tu as bonne mine, c'est cool!

Camille avait répondu :

– Ouais, ouais, et toi, l'eau de mer ça te rafraîchit le teint!

Il n'était pas vexé. Juste taquin. Il était très fier, en vérité. Il avait hâte d'être mardi.

Mardi est arrivé. Mardi s'est écoulé.

Ça s'est passé très naturellement, il a eu l'impression que l'histoire se déroulait d'elle-même, qu'il était dans un film. Quand il est rentré, le soir, Romain lui a lancé depuis le canapé :

– Tu rentres bien tard, ça va?

Camille avait répondu que oui, ça allait; très bien, même... Puis il s'était enfermé dans sa chambre et avait éclaté de rire. Son nouveau rire lumineux, qui ressemblait de plus en plus au *sien*.

Soudain, un autre jour lui revient en mémoire. Tout de suite il revoit ses poings serrés sur la table, les larmes qui brouillent la vue, la voix du prof de français qui venait d'annoncer une dictée punitive coefficient trois.

Bien sûr, il n'avait pas de cachets sur lui. Les plumes montaient à toute allure, les griffes, le regard de rapace. Il gardait les yeux baissés sur sa feuille. La rage le tiraillait, il commençait à tousser. Frédérique était à côté de lui, elle lui parlait très doucement pour le calmer : « Ça va aller, Camille, respire, ça va aller, tout va bien, reste avec nous, reste avec moi... » Le prof se serait arraché les ongles un par un plutôt que de les laisser aller à l'infirmerie. Mais Frédérique s'est levée, a pris Camille par le bras et a quitté la salle. Dans les escaliers, Camille n'a pas surmonté la crise. Il s'est transformé. Complètement. Il avait terriblement honte, il aurait dû sortir seul, en avoir le courage ; que personne ne le voie, pas même elle. Mais la jeune fille n'a pas semblé surprise. Elle a pris l'oiseau dans ses bras, l'a serré contre elle en dévalant les marches quatre à quatre. Ils sont descendus dans la cour, aux toilettes des garçons. Frédérique a attendu sous le préau. Quand Camille, grand et humain, est revenu près d'elle, il a dit : « Merci. On se partagera l'avertissement. » Elle a souri et ils sont remontés.

Ils n'ont pas vraiment reparlé de cet incident. Frédérique lui a seulement envoyé un texto : « Si jamais ça revient, je serai là :) »

Effectivement, c'est arrivé à nouveau, plusieurs fois. Certaines plus fort que d'autres. Et c'est vrai que Frédérique est toujours restée avec Camille pour le calmer, le rassurer, le consoler. Elle lui prenait les mains, lui parlait tout bas ; parfois il pleurait à chaudes larmes pendant un long moment. Elle trouvait les mots justes, toujours, pour le faire redevenir humain. Pour qu'il accepte ce qu'il ressent sur le moment. Pour qu'il comprenne qu'il a le droit de se sentir comme cela et qu'il n'est aucunement question de légitimité quand on parle d'émotions. Elle lui a appris à fermer les yeux et à écouter ses larmes pour les faire taire. Elle lui a appris comment libérer ses tensions. Surtout, elle lui a appris à se transformer quand il le souhaite.

Voilà tout le chemin qu'il a parcouru avec elle, Frédérique.

Ça y est, il est arrivé en bas de l'immeuble. Aujourd'hui, Camille passe son premier entretien au cabinet d'avocats qu'il a choisi il y a trois ans. Quand il était petit, il voulait être hématologue. C'est toujours un monde qu'il regarde avec respect, mais de là à en faire partie... Avocat, c'est une idée qui lui est venue plus tard.

Frédérique lui a promis qu'ils rentreraient ensemble après l'entretien.

Ça fait longtemps que Camille ne prend plus de cachets bleus. Il a peur, mais il respire avec le ventre, ça le calme. Maintenant il sait faire. Il pense à elle ; c'est sûr, elle n'aimerait pas le voir baisser les bras. Elle a confiance, alors lui aussi.

Camille pousse la lourde porte de l'immeuble, monte au premier. Il y a un bouton doré au-dessus de l'écriteau « Cabinet d'avocats – Maître Pierre Dissaux, Maître Aurélie Laurent » ; il sonne. Il entend :

– Entrez !

Il entre.

Une femme très petite est assise derrière un bureau, complètement cachée par l'écran de l'ordinateur... Camille voit ça comme un bon signe, qu'elle soit petite ; il a déjà remarqué que très souvent les gens petits ont un caractère vif et dynamique. Il est un peu intimidé.

– Entrez, asseyez-vous, reprend la voix derrière l'ordinateur.

Camille ne dit mot, il s'assoit. Une main écarte l'écran et l'entretien commence.

Il lui semble durer une éternité. La femme se présente ; c'est à elle qu'appartient le deuxième nom sur la plaque dorée. Puis elle lui donne la parole. Il rappelle son nom, son prénom, son âge, d'où il vient. Il explique où il voudrait aller. Ses perspectives. Elle le questionne sur ses capacités, ses aptitudes. Elle dit que c'est difficile de se faire un nom dans ce milieu, c'est très fermé, il faut s'accrocher. Il s'en doutait déjà, mais elle lui met un gros coup de pression. Son cœur s'accélère, il sent que les plumes veulent apparaître. Elle le teste. Camille coupe son cerveau en deux : d'un côté il écoute Aurélie Laurent, de l'autre il fait le vide. Elle poursuit en demandant pourquoi il a choisi ce cabinet précisément. Elle s'assure de sa motivation. Camille a compris comment placer sa voix, dans cette petite pièce, pour être entendu sans forcer. Il répond simplement. Elle le regarde dans les yeux, professionnelle, comme si elle *savait.* Mais cette fois il en est sûr, il est maître. Il est *homme*.

Enfin, un petit dossier lui est tendu. L'entretien est terminé. Camille emporte aussi une carte de visite, signée par Maître Laurent. Les salutations sont brèves, mais le ton de l'avocate est plus chaleureux, peut-être plus amical qu'une heure auparavant.

Camille descend les escaliers sans pouvoir s'empêcher de sourire. Il a réussi, il le sent. Il serait très étonné de ne pas être pris. Il commence à lister tous les points positifs de l'entretien, lorsqu'il arrive en bas.

Contre le mur de l'immeuble, Frédérique est adossée, un livre à la main. C'est un livre de maths, elle révise... Camille s'approche doucement et souffle, comme pour ne pas la déranger :

– J'ai réussi.

Très vite, elle lui prend les mains, puis murmure :

– Pas moi...

Ses yeux brillent, il ne sait pas dire si c'est de la malice ou...

Elle l'embrasse sans qu'il ait pu répondre.

C'est la première fois, c'est doux.

L'instant d'après, une toute petite mésange demeure là, dans le creux de ses mains. Elle a l'air toute timide, et Camille sourit; une lueur émeraude danse dans les prunelles noires de l'oiseau. Et une multitude de reflets or et violets parcourent son plumage.

Églantine Vergerpion

Écris-moi un mouton

Partager ce que j'écris avec les autres ne m'est jamais facile. Un comble pour quelqu'un rêvant de devenir écrivain ! Car dévoiler mes mots, c'est me dévoiler. Non pas que je vive l'intrigue que je narre ou que mes personnages soient mes reflets de papier, mais c'est qu'à travers eux s'exprime le fil de ma pensée et de mes émotions.
Aujourd'hui, ma nouvelle va être lue par vous, lecteurs, et réalisant à vos froncements de sourcils que mon accueil n'est pas très chaleureux, je me corrige bien vite : partager mes mots n'est pas facile, mais je suis très heureuse de les apporter dans les pages de ce recueil. Car l'écriture est avant tout un échange, et si j'apprécie d'écrire pour moi, écrire pour les autres est une chance incroyable.
Je m'appelle Églantine, j'ai dix-sept ans, et ce qui m'anime dans l'écriture, c'est de trouver le mot juste. C'est raconter une histoire pour communiquer la nuance exacte du sentiment que je ressens, la sonorité qui transmettra l'émotion.
Je pense que ce qui a poussé les écrivains à bouleverser les règles de l'écriture, au fil des siècles, en semant des mouvements littéraires derrière eux, a toujours été de tenter de décrire la réalité le plus fidèlement possible. Celle que l'on voit et celle qui est « invisible pour les yeux », selon les mots de Saint-Exupéry. Il nous semble alors difficile, du haut de notre XXIe siècle, de faire mieux, et même de faire autre, d'abattre les règles établies, de provoquer, de changer. Toutes les conventions semblent avoir été transgressées, tous les styles utilisés. Et lorsqu'on lit Albert Camus dans Le Premier Homme *ou Edmond Rostand dans* Cyrano de Bergerac, *comment trouver ses propres mots, tant les leurs sont justes ?*
Peut-être alors ne faut-il qu'observer, rêver, ressentir, et surtout les laisser venir, ces mots, sous quelque forme qu'ils soient, en espérant que celui qui les lira s'en trouvera aussi touché qu'on l'a été à les écrire. C'est ce que j'ai tenté de faire.
Merci à mes parents pour leur soutien constant, à mes amis de supporter mes blagues à longueur de journée, aux incroyables professeurs du lycée Edgar-Quinet, et particulièrement à mes professeurs de français qui m'ont fait aimer la littérature.

Dans l'obscurité du soir, les couleurs vives de la télévision se reflètent sur les vitres froides au toucher. À l'écran, le présentateur annonce les informations en articulant gravement chaque syllabe. Le son est coupé, mais je comprends que le Parlement a approuvé la loi. Alors que je m'apprête à vérifier mon intuition, mon téléphone vibre pour me demander l'autorisation de connecter l'appel à mes écouteurs, ce que je lui accorde d'un hochement de tête.

– Alors, Sonia, contente ? me demande Cassandre, ma meilleure amie, dans un éclat de rire. On va enfin se débarrasser des postillons du prof d'histoire !

– Pff ! Calme-toi, quand même ! On parle seulement, je cite, de « tester l'introduction de professeurs robotisés afin de pallier le manque significatif de professeurs humains », dis-je avec un sourire devant l'enthousiasme débordant de mon amie.

– Oui, mais avec un peu de chance, ils vont se rendre compte que le nôtre est gâteux, et hop, un robot à la place !

Nous échangeons encore quelques mots puis je raccroche, partagée entre excitation et inquiétude. Je passe devant la chambre de mon frère et songe à l'informer de cette nouvelle, mais à cette heure, il joue à des jeux holographiques en ligne avec ses amis, alors je passe mon chemin. Un rai de lumière bleue filtre sous sa porte.

Je m'assois sur mon lit, la tête entre les mains. Je suis née au lendemain d'une pandémie qui a bouleversé les rapports sociaux et a vu le travail à distance se développer. Il y a quelques années, le programme « Lycées et collèges dématérialisés » a été lancé. Après la fermeture des établissements scolaires pour prévenir la propagation du virus, avant ma naissance, cette mesure avait cette fois-ci pour but de limiter l'ampleur de la catastrophe climatique qui s'annonçait imminente, le dérèglement du climat s'accélérant depuis plusieurs années. D'abord en fermant la moitié des collèges et des lycées et en compensant par des cours en ligne, l'objectif à long terme était de réduire à zéro les consommations énergétiques des bâtiments et la circulation automobile en restant chez nous, comme cela se faisait déjà dans les entreprises. La plupart des jeunes de notre génération avaient approuvé cette mesure, car nous savions que seules des actions semblables à celle-ci pourraient changer les choses. Nous étions prêts à renoncer à nos amis et à de vrais cours la moitié du temps, mais nous n'avions pas soupçonné l'ampleur du problème de la pollution numérique que cette dématérialisation, dont ce programme éducatif n'est qu'un exemple, allait déclencher.

Ma mère n'a pas encore fini sa réunion virtuelle, alors je discute avec mes amis sur mon téléphone. Grâce à la puce connectée que mes parents m'ont achetée pour mon anniversaire, je n'ai plus qu'à penser pour que les mots s'impriment sur l'écran quand je le désire. Les messages fusent ; je questionne, réponds, me confie, mais l'impression que personne ne m'écoute grandit en moi. J'aimerais que ma mère vienne me demander comment s'est passée ma journée et me raconte une histoire, comme elle le faisait quand j'étais petite. Une histoire qui fasse peur, pour que je puisse me serrer contre elle et respirer l'odeur de ses cheveux. Une histoire d'amour, de duels et de courage. Ou une histoire de prince et de mouton et de rose, comme dans le livre tout corné qu'elle garde comme un trésor.

Je fixe l'écran, et les messages défilent dans ma tête, mêlés à mes propres pensées et interrogations. Un drôle de sentiment m'étreint, un vide soudain qui m'emplit et bloque ma respiration. Je suis pourtant d'un naturel taiseux et solitaire, mais je ressens un besoin impérieux que quelqu'un me serre dans ses bras et m'aime. Je me sens seule. Je suis connectée à tous mes amis, à des gens inconnus, je me sens seule.

Les sanglots qui s'échappent de moi ne semblent pas être miens, et je regarde mon corps s'effondrer avec étonnement. Je titube jusqu'à la fenêtre et l'ouvre en grand ; l'air frais s'engouffre dans la pièce. Je lève la tête pour observer les étoiles, je pense au Petit Prince qui est tout seul là-haut, sur son astéroïde, je plisse les yeux pour le voir ; seules les lumières des pavillons trouent la nuit. Autour des lampadaires tournent des nuées de moucherons, attirés par la lumière qui illumine la rue déserte.

Mon maquillage a coulé sur mes joues et j'ai les mains maculées de noir. Je les essuie sur mon pantalon. Je sors de la maison sans prévenir, personne ne me cherchera.

Dans la nuit, des ombres se profilent, rendues visibles par le bout incandescent de leur cigarette. Je reconnais une fille qui habite dans la maison d'en face, elle rit avec d'autres jeunes.

– Salut, t'en veux une ?

– Non, merci.

– Houla, ça a pas l'air d'aller...

Son parfum vanillé me chatouille les narines quand elle me serre dans ses bras. Je lui fais une bise sur la joue et repars.

La nuit est chaude. Les rires qui résonnent se mêlent au vent qui frôle mes épaules dénudées. Peut-être est-ce lui qui rit de me voir perdue au milieu des ombres qui bougent au loin, puis s'effacent au fur et à mesure que j'avance vers elles ? J'ai la sensation d'être l'une d'entre elles, une ombre solitaire et floue. Soudain, se découpe la silhouette d'un petit garçon. Je reste les yeux écarquillés devant cette apparition, et la seule pensée qui me vient est celle du Petit Prince et de sa rose, car c'est lui, sans aucun doute, qui se tient devant moi. Je détaille son visage, ses traits fins et ses cheveux blonds malmenés par le vent. C'est lui.

Je ne sais que dire tant les mots se pressent dans ma tête, s'entremêlent pour ne plus vouloir rien dire. Mon téléphone ne pourrait les capter tant ils sont pluriels. C'est quand le Petit Prince s'éloigne que j'arrive à articuler faiblement :

– Hé ! Attends ! Dessine-moi un mouton ! C'est pas comme ça que ça se passe dans l'histoire ? S'il te plaît...

Un rire cristallin me répond et la silhouette disparaît dans la nuit. Alors je tente de la rattraper, je cours dans les rues, étreignant les ombres fugitives qui s'évaporent sous mes doigts. Mes pas résonnent dans un bruit sourd en heurtant le bitume, le souffle me manque. Lorsque enfin je m'arrête, je suis devant chez moi. Je touche mes joues, et je me rends compte que je pleure. Je dois écrire. Écrire la rencontre que je viens de vivre et l'émotion qui m'a saisie, même si l'on me croit folle ; surtout si l'on me croit folle, pour ne pas le devenir. Écrire à cet aviateur pour lui dire que moi aussi j'ai vu le Petit Prince, que son rire est revenu.

J'entre dans la maison et monte les marches quatre à quatre. Je saisis une feuille et un crayon ; à côté de moi gît mon téléphone que j'ai négligemment laissé sur mon lit. J'attends que les lettres se mettent en ordre, que les idées se transforment en mots pour enchanter le papier de la blondeur et du rire du Petit Prince.

Mais les lettres hésitent, s'inversent, se déplacent, comme mues par des forces aléatoires. Je ne sais moi-même ce que je veux dire ; trop habituées à être couchées sur l'écran par ma puce connectée, mes pensées sont inextricables. Et puis, comment traduire les mille nuances de mes émotions, qui quelques minutes après avoir été ressenties déjà m'échappent ? Comment décrire chaque cheveu couleur de blé du Petit Prince, chaque tambourinement de mon cœur à sa vue ? Le langage ne suffit pas pour transcrire les émotions qui me traversent, me quittent, tandis que d'autres prennent leur place sans jamais me laisser en paix. Ma main est suspendue, le crayon tremble. Lorsque je vais pour écrire une idée, elle prend un air pataud, comme un timide adolescent ne sachant que faire de son corps grandi ; elle est banale, répétitive, déjà vue. Je pose la mine du crayon sur la feuille. Pour les perdus, les solitaires du cœur ou du désert qui attendent comme des fous et voient l'imaginaire et le rêve les regarder dans les yeux, pour les battements de leur cœur qui résonnent dans la nuit, je dois trouver une nouvelle manière de décrire l'espoir, la lumière et la vie.

J'appuie sur l'écran, et un instant plus tard, l'intelligence artificielle commence à écrire. Les mots apparaissent, une cascade de lettres, de signes, d'émotions qui s'étalent sur l'écran et dans mon cœur. Je lis tout, avale chaque mot comme une nourriture qui me sauverait de l'ennui et de la solitude. L'histoire est belle. Bien plus belle que ce que j'aurais écrit en m'inspirant de la silhouette qui me paraît un rêve. Bien plus belle que ce qu'aurait inventé ma mère. D'ailleurs, celle-ci n'a pas fini sa réunion. Mais je ne m'inquiète pas, j'y suis habituée. Dehors, la nuit est calme. Une légère brise caresse la ville. Je voulais juste que quelqu'un m'écrive un mouton.

Emma Houdion

Souriez

Je m'appelle Emma Houdion, j'ai seize ans. La littérature a toujours fait partie de mes passions. Quand j'étais petite, j'adorais lire parce que c'était une porte ouverte vers des mondes imaginaires. Comme la lecture, l'écriture a toujours eu une grande place dans ma vie. C'était d'abord un moyen d'exprimer mon imagination. Dès que j'ai découvert les mots, j'ai commencé par coller des feuilles les unes aux autres pour me fabriquer des petits livres et raconter mes histoires, que j'illustrais. Puis à huit et dix ans, j'ai écrit deux romans, sur ordinateur cette fois-ci. C'est là qu'a commencé ma passion pour inventer des histoires.
J'adore l'art sous toutes ses formes : le dessin, la photographie, la musique, le cinéma... Mais il n'y en a qu'une seule qui me permette de m'exprimer complètement. Il s'agit de l'écriture. C'est davantage devenu une échappatoire, une bulle créative. Je m'installe, je mets mon casque et ma playlist, et je laisse mon flot d'idées prendre vie au bout de ma plume.
Depuis quelques années, j'ai compris que les livres permettent également de découvrir des thématiques plus profondes, qu'ils peuvent porter de sublimes messages, dénoncer des injustices et proposer des analyses intéressantes de la société.
C'est ce que j'ai voulu faire avec ma nouvelle Souriez. *J'ai souhaité mettre en avant une idée essentielle : l'espoir est le moteur qui permet de tout accomplir, même dans une société dystopique. La volonté de se rebeller et de chercher la liberté devient alors la clé qui ouvre la porte vers un avenir meilleur.*
En me plongeant dans la rédaction de cette nouvelle d'anticipation, j'ai imaginé les possibles dérives de notre société actuelle. Cette histoire propose un voyage vers un futur où des éléments que nous considérons aujourd'hui comme acquis se trouvent bouleversés. Où le contexte social et technologique n'est plus le même, et où l'éthique est remise en question.
Dans cette vision de l'avenir, j'ai souhaité mettre en lumière les conséquences de nos actions présentes sur l'évolution de la société. Les choix que nous faisons aujourd'hui peuvent avoir un impact majeur sur le monde de demain, et c'est ce que j'ai cherché à illustrer dans cette intrigue.
Enfin, je tenais à remercier mes professeurs de français et d'anglais de troisième, qui ont cru en moi et m'ont donné la motivation d'aller plus loin, ainsi que toutes les personnes qui m'ont offert l'opportunité de partager ma nouvelle.
Je suis heureuse de vous présenter cette histoire où se cachent des secrets au creux de chaque sourire.

Lorsque Mélania composa le premier numéro de téléphone, le jour recula, timide, laissant place à la nuit glaciale du 12 novembre 2823. Il était vingt heures pile. Elle tapa attentivement les dix chiffres sur le téléphone fixe de son bureau, enfila son micro casque et patienta. L'appel ne devait durer que cinq minutes au maximum si elle ne voulait pas prendre de retard. De toute façon la ligne se coupait automatiquement au bout du temps imparti. Elle jeta un coup d'œil au nombre d'appels qu'elle devait passer entre vingt heures et six heures du matin. Cent vingt. C'était raisonnable. Une nuit, elle en avait passé deux cents. Une nuit atroce. Le calcul était vite fait : un appel toutes les trois minutes. La personne décrocha au bout de cinq sonneries. Mélania inspira profondément, enfila sa carapace imaginaire et commença son discours habituel.

– Bonsoir, ici Mélania, de l'entreprise Après-Mort. Vous êtes bien madame Moribond ?

La réponse se fit attendre. La femme au bout du fil espérait sûrement que Mélania se trompait de personne.

Ils espéraient tous ça. Mais la jeune fille ne se trompait jamais.

– Madame ? Veuillez me confirmer qu'il s'agit bien de vous, j'ai de nombreux appels à passer ce soir.

– Je... Euh, oui, c'est bien moi. Je suis Andréa Moribond.

Sa voix tremblait. La tension était palpable, même à l'autre bout du fil.

– Andréa, j'ai le regret de vous annoncer que vous allez être frappée d'une mort prématurée dans la journée du 12 décembre 2823, dans un mois. Je ne peux rien faire pour l'éviter, tout comme vous.

Mélanie rabâcha son texte qu'elle connaissait par cœur sur le fait que la vie était injuste. Elle était fatiguée de réciter ces lignes imprimées noir sur blanc dans sa mémoire, mais les mots sortaient tout seuls. Elle n'avait même plus conscience de parler.

– Vous me comprenez ?

– Oui... Je pensais que ce genre de choses n'arrivait qu'aux autres... Comment mes filles vont-elles s'en sortir sans moi ? Je n'arrive pas à...

La femme de quarante-trois ans avait un débit de parole impressionnant. Mélania scruta sa montre. Il ne lui restait plus que trois minutes vingt-trois pour finir l'appel. Elle devait continuer, alors elle coupa net la parole à Mme Moribond.

– Madame, je suis obligée de vous interrompre. Vos filles s'en sortiront sans vous. Allez, on passe maintenant aux choses sérieuses. Connectez-vous sur Apresmort.com pour indiquer d'éventuelles informations spéciales concernant vos funérailles, qui se tiendront le vendredi 13 décembre. Écrivez aussi l'inscription que vous souhaitez voir gravée sur votre pierre tombale.

Mélania s'arrêta dix secondes afin de laisser le temps à son auditrice de tout intégrer. Elle entendit le clic de la souris de Mme Moribond, qui avait allumé son ordinateur.

– Dans l'onglet en haut à droite, qui se nomme « Avant-mort », vous trouverez les dossiers que vous devez boucler avant votre mort. L'héritage, la potentielle vente de votre maison, les dates des prochains vide-greniers... Je vous laisse aller voir.

La femme voulut parler, mais Mélania n'avait pas le temps. Elle n'avait jamais le temps. L'appel durait depuis quatre minutes, c'était beaucoup trop long.

– Vous avez combien de points, vous êtes de quelle classe sociale ?

– Euh, j'en ai quarante-deux sur cent, je suis de classe moyenne.

– D'accord. Vous serez enterrée au cimetière Middle, au sud-ouest de votre zone.

– Pourquoi ne puis-je pas aller au cimetière Superior ? Celui que vous me proposez n'est pas entretenu, il tombe en ruine.

– Vous êtes de classe moyenne, à deux points de la classe inférieure. Le cimetière Superior, comme son nom l'indique, est réservé pour les gens de la classe supérieure, qui ont entre quatre-vingts et cent points, ou éventuellement pour les gens de classe respectable, qui ont au moins soixante-quinze points. Ces gens méritent leur place, ils ont travaillé dur pour avoir autant de points. Votre grade dans la société ne vous permet pas ce luxe. Peut-être que d'ici un mois vous gagnerez des points et que vous irez au cimetière Middle +, préférable à celui que je vous propose... Je ne vais pas vous expliquer les règles de la société, c'est à vous de comprendre que vos erreurs entraînent leurs conséquences.

Mélania préférait les appels aux gens de la haute. Ils ne râlaient pas, l'échange était rapide, efficace. Elle observa sa montre. Il ne lui restait plus que vingt secondes.

– Madame Bonpoint...

– Je suis madame Moribond, coupa la femme d'un ton sec.

– Pardon. L'équipe d'Après-Mort est sincèrement désolée de vous perdre.

La dame raccrocha avec un soupir.

– Encore cent dix-neuf appels ! s'exclama Mélania.

Les minutes s'écoulèrent, toujours plus longues, pour se transformer en heures.

Il était six heures trente-trois quand Mélania quitta son bureau. Elle se rendit au parking et se dirigea vers l'emplacement vingt-deux, où sa bulle était garée. Elle posa son pouce sur un petit boîtier gris et indiqua sur la carte virtuelle « 20 allée des Lilas, quartier supérieur ». Quelques secondes plus tard, elle survolait la ville, assise dans sa bulle transparente. Elle arriva chez elle en sept minutes.

– Salut, Thana, les parents sont déjà partis ?

La petite fille de dix ans ôta son casque des oreilles.

– Oui, il y a dix minutes. Ne fais pas de bruit, je suis en live de français.

Elle suivait ses cours en ligne très sérieusement. L'éducation n'était pas donnée à tout le monde : certains enfants n'arrivaient pas à tenir dix heures d'affilée derrière un écran et abandonnaient l'école de ce fait. Thana était exemplaire dans tous les domaines. Elle avait même quatre-vingt-quinze points sur cent, soit trois de plus que sa grande sœur Mélania. Les Potere étaient une famille très respectée dans la société.

Mélania s'installa dans un des fauteuils du salon. Elle ferma les yeux, tenta de s'endormir.

– Tu avais combien d'appels à passer, cette nuit ? demanda Thana en s'installant dans le canapé.

– Cent vingt. Mais les trois quarts étaient des gens de classe moyenne, inférieure ou incapable. J'ai eu du mal à respecter le temps imparti. J'ai terminé avec une demi-heure de retard, c'est beaucoup...

Thana tiqua et fit une grimace.

– Tu penses que tu vas perdre des points à cause de ça ?

– Je n'espère pas... Je verrai bien ce soir, au Crédit social.

Le Crédit social était un bâtiment situé au cœur du territoire. Chaque lundi soir, à dix-neuf heures, tous les habitants, peu importe leur zone d'habitation, s'y retrouvaient afin de faire le décompte de leurs points gagnés ou perdus de la semaine. Certains mettaient plus de trois heures pour s'y rendre ! Or, les hôtels, là-bas, n'acceptaient que les gens de classe supérieure, alors la plupart des habitants devaient refaire trois heures de route, dans la foulée, pour revenir chez eux. Si l'on ne s'y présentait pas, on perdait cinq points. Un jour, que Mélania n'oublierait jamais, elle était malade, s'était trompée de cachets et avait pris des somnifères. Elle s'était réveillée deux heures plus tard, paniquée, et n'avait pu se présenter au Crédit social. Cette erreur lui avait coûté cinq points, comme la règle l'indique. Elle avait perdu deux autres points en se plaignant, il y a deux ans, lors de son arrivée à Après-Mort, du manque d'humanité de l'entreprise. Depuis, elle rabâchait sans cesse à quel point elle adorait son métier, ce qui était faux. On avait gravé au fer rouge dans son esprit l'éthique de la société, en effaçant ses propres idées. Comment aimer annoncer leur mort à des centaines de personnes chaque jour, sincèrement ? Néanmoins, elle était fière de son travail, qui lui valait l'admiration de tous. Un métier dur, tout le monde en avait conscience, mais il lui permettait par exemple de vivre dans l'un des meilleurs quartiers de la zone supérieure, tout près du gouvernement et des zones de loisirs. Grâce à elle, sa famille était inscrite depuis deux ans sur la liste des familles les plus respectables de la société. Cela suffisait à Mélania pour faire l'impasse sur ses valeurs. Tant qu'elle était parfaite et que ses proches étaient fiers d'elle, que pouvait-on lui reprocher ?

Thana quitta le salon et retourna à grandes enjambées vers sa chambre. En passant, elle cogna avec sa tête la caméra de surveillance au-dessus de la cheminée. Dans la maison des Potere, il y avait plus de caméras de surveillance installées par le gouvernement que de lampes. Une normalité qui se fondait dans le décor. Mélania s'endormit dans son fauteuil et se réveilla à dix-huit heures. Elle se prépara et fila au Crédit social.

Le bâtiment sans fenêtres était majestueux, du haut de ses vingt étages. Il était entièrement fait de miroirs, pour que la lumière se reflète sur la ville, avec au centre le symbole de la société : un œil. Mélania avait toujours rêvé d'y travailler, mais c'était le métier le plus prisé. Elle entra dans le bâtiment et s'engouffra dans l'un des dix ascenseurs, direction le dernier étage, celui de la classe supérieure. Coincée entre une douzaine de personnes, elle écouta les conversations des gens.

– Ma fille m'a encore demandé ce qu'il y avait derrière les barrières de la ville... soupira un homme en costume. Je lui dis sans arrêt qu'il n'y a rien, que c'est le néant, mais elle a une imagination débordante, cette petite.

– Ma voisine a perdu huit points hier car elle a traversé la route au feu rouge... Quelle honte ! Et quand je pense que je l'ai déjà invitée chez moi pour prendre le thé ! chuchota une femme rousse.

– Je vais mourir dans cinq jours. J'ai organisé toutes mes funérailles ! C'est pratique qu'ils nous appellent, je n'aurais pas aimé que mon fils s'occupe de tout ça... Je me suis dégoté une tombe dans le meilleur cimetière de la ville ! s'exclama une vieille dame.

L'ascenseur s'arrêta au dernier étage, et une voix enjouée sortit des haut-parleurs : « Vous êtes à l'étage de la classe supérieure ! » Mélania se dirigea à grands pas vers le bureau central, où une centaine de personnes patientaient, les unes derrière les autres. Un écran affichait le temps d'attente : une heure quarante. Les gens avançaient, pas après pas, tels des bœufs. Quand vint le tour de Mélania, une femme aux lunettes rondes et à la bouche pincée l'accueillit froidement.

– Prénom, nom, adresse, métier.

– Mélania Potere, 20 allée des Lilas, quartier supérieur, entreprise Après-Mort.

Les plus grandes fiertés de la jeune fille aux cheveux noirs se résumaient en cette phrase. La dame tapa frénétiquement sur son clavier.

– J'ai votre dossier sous les yeux...

Une minute, qui parut beaucoup trop longue à Mélania, s'écoula. Son cœur battait à une vitesse phénoménale à chaque fois. Ses mains moites témoignaient de son état d'angoisse. Une lumière verte s'afficha sur le panneau accroché au plafond.

– C'est tout bon ! Bonne semaine.

La jeune fille s'autorisa alors à souffler et desserra les poings, ses ongles avaient laissé une trace rouge au creux de sa main. Une demi-heure plus tard, elle était de retour à son travail. Les appels s'enchaînèrent ; Mélania respirait un peu plus à chaque fois qu'elle finissait un appel et voyait sa liste diminuer. Plus que dix. Elle lut à voix haute le profil de la prochaine personne.

– Classe supérieure, 20 allée des Lilas, quartier supérieur, Thana Po...

Mélania s'arrêta.

Le temps arrêta de s'écouler.

Le monde s'arrêta de tourner.

Son cœur manqua un battement.

L'air parut étouffant.

Pendant un instant, la jeune fille brune perdit ses repères. Elle se leva, tremblante, le regard perdu, et s'écroula. Elle resta avachie contre son bureau pendant ce qui lui parut une éternité. Dix minutes étaient passées lorsqu'elle revint à son poste. Elle lut une douzaine de fois son nom.

– Thana Potere.

Sa petite sœur. La personne qu'elle chérissait le plus et pour qui elle aurait pu sacrifier sa vie allait partir. La douleur la transperça comme un coup de poignard en plein cœur. Ses jambes tremblaient sous le poids de la souffrance, pendant que ses pensées s'entrechoquaient pour exploser, la rendant folle. Cherchant quelque chose à laquelle se raccrocher, elle ne trouva qu'une poignée de vide dans ce monde plein d'injustices. Sa respiration était saccadée, elle étouffait dans cet air pesant. Pour évacuer sa peine, elle s'offrit le cadeau d'une griffure sur son bras gauche. La violence de la blessure résultait de la rage qu'elle avait en elle, tout au fond, coincée entre deux idées préconçues inoculées par le système. Quelques perles rouges coulèrent le long de son bras, accompagnant les larmes qui dévalaient ses joues avant de tomber au sol. Le torrent de ses émotions se déversa dans un silence assourdissant, que seule son âme pouvait entendre.

Cependant, le temps filait, alors Mélania continua d'annoncer leur mort aux gens, comme si elle annonçait la météo du lendemain.

Il pleuvait. Les gouttes d'eau coulaient lentement sur la vitre du bâtiment, comme celles sur les joues de la jeune fille. Ce soir-là, il pleuvait dans son cœur.

Elle rentra chez elle, plus fatiguée que jamais. Ses parents l'attendaient dans la cuisine.

– Nous voulions prendre le petit-déjeuner avec toi, ce matin. On a posé notre matinée, lui annonça Nienor, sa mère, en buvant son café.

Mélania s'assit, et sans un mot, étala de la confiture sur sa tartine. Elle esquissa un sourire à sa mère.

– Thana est dans sa chambre ?

– Oui, elle travaille déjà. Ah ! au fait, elle a eu comme une illumination aujourd'hui... Elle a trouvé le métier qu'elle souhaite exercer plus tard : journaliste pour le gouvernement ! C'est super, non ? Elle est pleine d'ambition, cette petite.

Mélania évita le regard heureux de sa mère et se contenta de boire son jus d'orange.

– Carrément... J'ai lu hier matin dans le journal que ce métier va devenir très populaire dans les années à venir.

Elle échappa à son cauchemar lorsqu'elle s'endormit dans son lit et retourna à ses rêves.

Les semaines passèrent ; les rues étaient à présent recouvertes de neige. Mélania avait attendu vingt jours avant d'annoncer la mauvaise nouvelle à sa famille. Le deuil étant interdit, ils n'avaient mis que quelques heures à digérer l'information, isolés dans leurs chambres, avant de peindre un étincelant masque du bonheur sur leurs visages meurtris. Thana semblait même avoir oublié sa propre mort : elle continuait ses cours en ligne et ne se laissait aucun répit. Comme si elle défiait l'avenir, comme si l'infini pouvait se compter ; elle croyait pouvoir échapper à son propre destin. Mais la réalité la rattrapa lorsqu'elle posa sa main sur le marbre gelé qui ornait sa future tombe. Un frisson traversa alors sa petite main frêle et vint se loger au creux de sa tête. Elle allait mourir.

Les derniers jours qui avaient précédé l'événement, la famille avait mis en vente les affaires de la condamnée. Puis le funeste jour arriva et emporta la jeune fille dans son sommeil. Tout alla vite. Des hommes en combinaison blanche l'emportèrent sans un mot, sans un regard à la famille, et prirent avec eux le souvenir d'une petite fille qui n'était plus que poussière à présent. La famille ne pouvait assister à l'enterrement, c'était la règle. Mélania et ses parents restèrent sur le pas de la porte, ahuris. Elle creva l'abcès.

– Pourquoi est-elle décédée dans son sommeil ? C'est étrange... Elle allait bien.

Ses parents la laissèrent sans réponse, fixant le camion partir au loin. Leur voisine qui rentrait chez elle les aperçut.

– Vous faites une de ces têtes ! Vous allez bien ?

Nienor afficha un sourire sur son visage endolori par la perte de sa fille.

– Tout va bien, Christine ! On a perdu Thana, pour tout te dire.

La voisine tenta de montrer son empathie en se tordant la bouche. Mais elle était très mauvaise actrice. La mère de Mélania s'empressa d'ajouter en bredouillant :

– Mais ce n'est rien, on s'y est fait, la vie continue ! Après la pluie, le beau temps, comme on dit !

– C'est bien que vous le preniez comme ça. Une ancienne amie, dans le même cas que vous, passait ses journées à pleurer et ne retournait pas au travail. Cette idiote a perdu vingt points et a dû déménager...

Le vent, glacial, passa dans un hurlement sourd.

– Enfin bon, bonne journée ! s'exclama la voisine en rentrant chez elle, le sourire aux lèvres.

Le ciel s'assombrit, un orage approchait.

La vie continuait, alors Mélania poursuivit sa routine et se rendit à son travail le soir même. Lorsqu'elle sortit de l'ascenseur, une de ses collègues l'aborda.

– Ah ! Je te cherchais partout ! Ce n'est pas trop tôt... lança-t-elle, à bout de souffle. Bon, je sais que cela ne va pas te plaire, mais tu vas avoir un stagiaire avec toi pendant un mois.

Mélania écarquilla les yeux ; c'en était trop pour elle. Elle avança en pressant le pas. Sa collègue lui parlait, en essayant de suivre le rythme.

– Alors, il s'appelle...

– Attends une minute, Nagini, comment se fait-il que l'on ne me prévienne que maintenant ?

– Je, euh, je ne sais pas non plus... J'ai reçu l'information vingt minutes avant ton arrivée. Bon, tu m'excuseras, mais il faut vraiment que je te donne les modalités, j'ai du travail qui m'attend, moi. Il s'appelle Faël, il a vingt-cinq ans. Il a trente-cinq points, il est de classe inférieure... Bref, bon courage !

– Je vais en avoir besoin...

Mélania avança à pas lents jusqu'à son bureau, de peur de voir ce qui l'attendait. Lorsqu'elle ouvrit la porte, elle le vit assis sagement sur une chaise sur le côté.

– Bonsoir, madame. Je m'appelle...

– Je sais, le coupa la jeune femme. Tu peux m'appeler Mélania. Bon, je te préviens, ici, on travaille : chaque seconde est comptée, chaque seconde est de l'argent, et surtout des points. Je crois que des points, tu en as plus besoin que moi... On va faire comme ça : tu vas trier le paquet de dossiers juste à ta droite. Ce sont les noms des derniers morts du mois, qui apparaîtront dans le prochain numéro du journal du gouvernement. Tu tries les dossiers en fonction de la date de la mort de la personne et de son âge. Et je ne veux pas un bruit. Après, tu nettoieras les caméras de surveillance de mon bureau. Il y en a huit, au total.

Mélania parla avec un ton détaché et froid. Le jeune homme attrapa les dossiers à côté de lui, puis fit la grimace. Il paraissait sincèrement embarrassé.

– C'est écrit en anglais... Je ne comprends pas l'anglais, je parle français.

– Les blagues, si c'en était une, sont interdites dans mon bureau, nous sommes là pour travailler.

– Non, mais ce n'est pas une blague, je ne parle que français.

Mélania tourna pour la première fois son regard vers lui. Elle devint blême.

– Tu... ne parles pas anglais ?

Le jeune homme ne répondit pas. Mélania était trop fatiguée pour insister.

– Bon, alors nettoie les caméras.

Elle ne comprenait pas. Tout le monde, sans exception, parlait anglais et français. Même les incapables, la classe la plus basse de la société. On était tout simplement obligé d'être bilingue, si l'on voulait survivre. Rien que les inscriptions sur les produits alimentaires étaient en anglais. On apprenait à parler anglais avant même de savoir compter, c'était un des grands principes de la société. La journée allait être rude... Elle passa outre, mais resta sur ses gardes. Une demi-heure plus tard, quand Faël se décida à parler, tout en nettoyant soigneusement les caméras.

– Vous aimez la société dans laquelle nous vivons ?

Mélania pâlit à nouveau. Elle ne détacha pas pour autant les yeux de son écran, trop occupée pour s'attarder sur de telles inepties.

– Tu m'en poses, des questions... C'est une société stable, il n'y a pas de guerre civile, tout le monde est à sa place, on ne manque de rien.

– Et vous aimez votre métier ?

– Je… commença Mélania, se rappelant qu'elle était surveillée. Je me sens chanceuse d'occuper le poste que j'ai actuellement. Ce n'est pas seulement annoncer la nouvelle que tous redoutent, c'est plus que ça. Cela donne la possibilité aux gens de vivre pleinement durant un mois. Certaines personnes se contentent d'exister, mais nous leur donnons la possibilité de vivre réellement.

Mélania, pour la première fois, avait dit ce qu'elle pensait réellement. Enfin, en partie. Elle continua :

– Tu souhaites mourir ?

– Non, personne ne souhaite mourir.

– En effet. Même ceux qui veulent partir de ce monde n'ont pas envie de mourir. Mourir, c'est atroce. Pourtant, la mort est un destin que nous partageons tous. Personne n'a réussi à y échapper, et c'est bien ainsi. Nous mourrons tous, à la fin. Je pense que la mort est ce que la vie a inventé de plus utile, car la mort est le facteur du renouveau. Nous ne devrions jamais craindre de mourir, mais plutôt avoir peur de ne pas vivre.

Faël absorba les paroles de sa tutrice.

– Et vous, est-ce que vous êtes heureuse ?

Mélania revint à la réalité au mot « heureuse ». Il y avait longtemps qu'elle ne l'avait pas entendu. Ce mot était dépourvu de sens, perdu entre deux annonces de mort.

– Tu vas trop loin. En plus, ma session d'appels va commencer d'une minute à l'autre. Remets-toi au travail.

La question de son stagiaire lui trotta dans la tête durant une semaine. Du matin au soir, cette petite phrase lui triturait le cerveau. Elle ne savait pas y répondre. En soi, qu'était-ce, le bonheur? Mélania se contentait d'exister, elle n'avait absolument pas le temps de vivre.

Mais la perte de sa sœur n'était-elle pas un message ? Un message qui lui disait qu'il fallait qu'elle commence sa vie ? Qu'il était temps d'arrêter de survivre ? Depuis la terrasse du café de son quartier, elle observa une petite fille sauter dans la rue, sous la pluie. Thana n'avait clairement pas eu une vie heureuse, ça, au moins, elle en était sûre. Elle passait son temps à penser à l'avenir, au lieu de se concentrer sur le présent. Même durant ses derniers jours, elle ne pensait qu'à travailler. Elle était dure avec sa famille et passait son temps enfermée dans sa chambre. Le discours que Mélania avait récité à Faël était vrai, mais seulement en partie. En effet, la mort permettait à des gens de vivre, mais pas à tout le monde. La mort pouvait produire l'effet inverse, et tuer les gens, lentement, comme une phrase interminable où le point final se cache entre deux mots.

Durant vingt ans, elle avait eu l'impression que rien ne pourrait faire changer les choses, qu'elles étaient ainsi. Mais elle venait de se rendre compte qu'elle pouvait influer sur les choses et commencer à vivre.

Le mardi suivant, elle ne prit pas sa bulle pour aller à son travail, elle y alla à pied. Elle aida une vieille dame à traverser. Elle salua tous ses collègues avec un grand sourire avant de se rendre à son bureau, où l'attendait Faël. Il s'était amélioré durant la semaine et était plus efficace. Ils s'entendaient mieux. Ou peut-être était-ce juste l'attitude de Mélania qui avait changé ?

– Bonsoir, Faël ! Ce soir, tu vas passer pour la première fois un appel. Je serai derrière toi pour t'aider si besoin. Tu as juste ici une liste avec le déroulé de l'appel.

Le jeune homme s'installa devant l'ordinateur et posa son micro casque sur ses oreilles. Vingt heures. Il prit une inspiration et tapa le premier numéro de téléphone avec précaution. Seulement, à peine eut-il entendu la voix de la petite fille à l'autre bout du fil, qu'il raccrocha.

– Je ne peux pas.

– Si, tu peux, c'est simple. Recommence.

– Je ne peux pas, c'est horrible. Vous avez l'habitude, mais vous ne devriez pas.

Il se leva et alla éteindre les huit caméras de la pièce.

– Qu'est-ce que tu fais ? s'exclama Mélania, les yeux écarquillés.

– Vous ne trouvez pas tout ça bizarre, vous ? chuchota Faël en se rapprochant de la jeune femme. Je veux dire, vous ne trouvez pas qu'il y a quelque chose qui cloche ?

– De quoi parles-tu ? On a toujours appelé des gens pour leur annoncer leur mort, c'est bizarre, mais c'est ainsi.

– Je parle du reste, de tout. De votre société. De votre monde.

– Je te rappelle que tu vis aussi ici.

– Notre société, pardon. Je dois vous...

La porte s'ouvrit d'un coup, Nagini entra brusquement. Elle remarqua instantanément que les caméras étaient éteintes.

– Qu'est-ce que vous faites ? Mélania, enfin, cette attitude va vous coûter cher ! Au moins dix points ! Voire plus !

Mélania ne réfléchit pas.

– Je suis désolée, Nagini, mais Faël a fait un petit malaise, alors j'ai éteint les caméras car son tee-shirt s'était relevé.

Le mensonge bancal de Mélania allait-il tenir la route ? Nagini les fusilla du regard une minute.

– Bon... s'exclama la langue de vipère en refermant la porte.

À six heures du matin, Mélania proposa à Faël de le raccompagner, il refusa, mais elle insista. Il habitait au fond de la ville, dans un grand immeuble en ruine devant lequel ils se séparèrent. Les herbes étaient hautes, les poubelles infestées de rats, et des ordures de toute sorte jonchaient le sol. Une odeur de marécages remplissait les poumons de Mélania. Faël salua sa collègue et s'enfonça dans la gueule du loup. Mélania attendit un peu, abasourdie par l'état des lieux.

Alors qu'elle s'apprêtait à repartir, elle vit le jeune homme ressortir par une porte donnant sur le côté de l'immeuble, telle une souris. Il avait mis sa capuche et regardait furtivement autour de lui. Intriguée, Mélania le suivit discrètement. Sa curiosité avait toujours été son vilain défaut. Une averse tombait, les marécages se transformaient en terrains boueux. Faël allait vite, il courait à présent à toute allure. Mélania mit du temps avant de comprendre vers où il se dirigeait : les barrières de la ville. Il s'agissait de grands miroirs longs de plus de cinq cents mètres. Les chaussures de Mélania étaient remplies de boue, chaque pas se faisait plus lourd sous la pluie. Le poids de son corps semblait se démultiplier et rendait sa marche difficile. Elle hésita à plusieurs reprises à revenir sur ses pas, mais l'abandon ne faisait pas partie de son vocabulaire. Après une course d'une quinzaine de minutes, Faël s'arrêta net devant les grands miroirs. Il l'avait sûrement vue, elle était à dix mètres derrière lui, pourtant il ne se retourna pas. Il posa ses mains sur un des miroirs et laissa ses doigts l'effleurer. Il cherchait quelque chose. Il se baissa et gratta le sol à mains nues. L'averse s'accentuait. Faël sortit de la terre un objet métallique que Mélania n'avait jamais vu. Il enfonça l'objet dans un trou du miroir et le tourna. Le miroir s'ouvrit sur trente centimètres pour former une trappe au ras du sol boueux. Le jeune homme arrêta tout mouvement. Il se retourna pour la première fois et plongea son regard dans celui de Mélania. L'air était électrique sous l'enjeu de cet échange silencieux. Ils se contemplèrent sans bouger durant une minute, puis il plongea dans le trou. Mélania courut alors le plus vite possible et atteignit la trappe avant qu'elle ne se referme. Elle arriva juste à temps, le miroir lui écrasa les doigts contre le sol. Une caméra placée sur le miroir se mit à bouger frénétiquement, une alarme sonna. Mélania, dans un élan de bravoure, s'engouffra dans le trou. Elle tomba dans un tunnel. Il n'était pas éclairé, mais une légère lumière blanche se reflétait quelques dizaines de mètres plus loin. Elle rampa alors, le tunnel n'étant pas assez haut pour qu'elle se tienne debout. Elle était à bout de souffle et elle se posait mille questions sur la suite des événements. Mais elle les chassa d'un coup de tête, car pour la première fois, elle ne se contentait pas d'exister, elle vivait. Elle n'avait jamais ressenti ce sentiment d'adrénaline.

La lumière devenait de plus en plus aveuglante. Elle arriva enfin au bout du tunnel après plusieurs minutes épuisantes. Ce qu'elle vit lui donna des frissons ainsi que la nausée. Son cœur battait à cent à l'heure, plus vite encore que lorsqu'elle avait appris la mort de sa sœur. Le spectacle qui s'offrait à elle ne lui semblait pas réaliste. Aucun mot n'aurait pu décrire la scène mieux que ce que ses yeux étaient en train de découvrir pour la première fois.

Elle se trouvait sur une immense plaine, jonchée de grandes tentes blanches. Il y avait des centaines de personnes. Des caméras. Des caméras beaucoup plus grandes. Des écrans. Des écrans sur lesquels défilaient des images du Crédit social, puis de la chambre de la voisine de Mélania, puis du rayon de légumes du supermarché. La jeune femme, au bord du malaise, s'avança vers l'une des tentes. Elle ne sentait plus aucun de ses membres et n'entendait que des sons confus, assourdie. Plusieurs visages lui semblaient familiers. La boulangère, l'éboueuse, la professeure de français de Thana. Un homme d'une trentaine d'années se transforma en quelques minutes en un vieillard. Une femme lui appliquait soigneusement une poudre blanche sur la peau et lui dessinait des rides. Elle lui installa une perruque de cheveux blancs sur la tête. Mélania écouta la maquilleuse parler avec le vieillard.

– Trente millions de personnes ont regardé l'émission, hier soir. Un sacré record !

L'homme étouffa un rire sous son maquillage.

– Ça, c'est grâce à la nouvelle idée du producteur... Il faut dire qu'on avait perdu les trois quarts de l'audimat, ces derniers temps... Les gens voulaient de la nouveauté, de la fraîcheur, alors quoi de mieux que de connecter notre monde au leur en nous infiltrant ? Ils sont marrants, ces gens... Tu verrais ceux de la haute, ils se prennent pour les rois du monde ! Enfin bon, j'ai eu de la chance d'être pris aux auditions... Il y avait du monde qui se présentait pour le rôle de riche vieillard du gouvernement. En même temps, qui ne rêve pas d'être infiltré dans leur société ? Je ne sais pas comment ils font pour tenir avec leur système à points et de classe sociale... Horrible.

La maquilleuse acquiesça d'un hochement de tête. Soudain, elle aperçut Mélania.

– Ah ! tu es la nouvelle ?

Mélania sourit en guise de réponse. Elle était perdue. La maquilleuse l'installa sur une chaise en face d'un miroir. Le vieillard continua de parler.

– Ils ont éteint trois cents personnes ce mois-ci.

– Éteint ? interrogea Mélania.

– Tu ne sais pas ce que cela veut dire ? demanda l'homme, hautain.

– Sois gentil avec elle, elle est nouvelle. Explique-lui.

– Bon, bon... Dans leur société, chacun a une espérance de vie définie, mais ça, ils ne le savent pas, jubile le vieillard. Lorsque leur tour est arrivé, une équipe s'infiltre dans leur chambre et leur injecte un liquide qui les endort.

– Donc vous les tuez ?

– Non, pas du tout ! C'est là que cela devient intéressant... On les transfère dans notre société pour voir comment ils s'adaptent. Bien évidemment, ils font quelques semaines de thérapie avant de retrouver une vie normale. Ils ont une manière de penser complètement différente, c'est fascinant... Les équipes font alors un documentaire sur chacun d'entre eux pour faire rentrer encore plus d'oseille !

– Vous voulez dire que tous les civils prétendument morts sont en fait juste ici ?

– Mais oui, ma grande ! J'ai l'impression de t'apprendre la vie ! C'est étrange qu'ils t'aient choisie lors du casting...

– Alors ils changent de nom ?

– Tout à fait.

– Comment peut-on les retrouver ?

– C'est compliqué... Tout ce que je sais, c'est qu'ils ont chacun un dossier avec leurs informations personnelles que les producteurs détiennent...

Le visage de Mélania reprit ses couleurs à l'idée de retrouver sa sœur. Elle avait l'impression d'être dans un rêve. Mais quand elle se pinça le bras et qu'elle ressentit la douleur, elle se rendit compte que tout cela était bien réel.

Elle trouva un dossier sur lequel était écrite la date de la prochaine émission : 15 novembre 2023.

La société dans laquelle elle vivait était donc entièrement créée afin de réaliser une téléréalité ? Tout ça n'était qu'un mensonge afin d'amuser les gens, derrière leurs écrans ? Les caméras censées les filmer afin de vérifier leurs actions pour le Crédit social n'étaient là que pour les filmer, à proprement parler ? Et s'il y avait plus de trente millions de personnes qui regardaient leurs faits et gestes, cela voulait dire que la population était beaucoup plus importante que ce que Mélania pensait.

Les gens regardaient-ils cette émission pour voir si le fonctionnement de cette société était infaillible et donc applicable ailleurs, ou jubilaient-ils de son côté loufoque et ridicule ? Jusqu'où l'envie de faire de l'audimat et de divertir les gens pouvait-elle aller ? Où les barrières du voyeurisme s'arrêtaient-elles ? Une chose était sûre : tout était faux, trafiqué, maquillé. Bien évidemment, c'était plus simple de ne pas avoir à penser, à se demander ce qui était bien ou mal. Suivre le groupe était beaucoup plus confortable. Scotchés à leurs écrans, les gens ne vivaient plus et se contentaient de rire du malheur d'autrui. Toute la vie de Mélania n'était-elle qu'une mascarade ? Qu'est-ce qui était vrai, finalement ? Les questions fusaient dans la tête de la jeune fille encore sous le choc, le cœur battant. Cependant, une chose était vraie, et personne ne pouvait le contredire. Son amour pour sa famille. Elle se raccrocha à cette idée comme sa bouée dans la tempête. Elle allait retrouver sa sœur. Cette pensée suffit à lui arracher un sourire.

Une heure plus tard, Mélania était transformée en une femme de quarante ans. Elle suivait le mouvement et se coula dans la longue file de figurants. La tête haute, son cerveau chauffait, tellement elle réfléchissait. Elle essayait d'intégrer ce qu'elle venait d'apprendre, mais ce n'était pas le plus important. Son rôle n'était pas de jouer une femme célibataire de quarante ans qui travaillait au Crédit social. Non, son rôle était beaucoup plus grand que ça.

La nuit reculait, cédant sa place à l'aube naissante, telle une nouvelle chance, une renaissance. Ses pensées vagabondes se heurtaient les unes aux autres.

« Je pense que si nous sommes sur Terre, ce n'est pas pour rien », se dit-elle à voix basse, comme si elle cherchait à se convaincre de la justesse de ses convictions. Elle était à présent persuadée qu'il y avait une raison à son existence et à celle de chaque être humain. C'était comme si le destin l'avait amenée ici, à ce moment précis de l'histoire, pour accomplir quelque chose d'essentiel.

« Nous devons apporter quelque chose à l'humanité, peu importe l'échelle. Après tout, nous ne sommes que des étoiles éphémères, des étincelles dans l'immensité de l'Univers. Nous avons été appelés sur cette Terre pour y apporter notre contribution, pour y laisser notre empreinte, aussi petite soit-elle. Car c'est à travers nos actions, nos pensées, nos paroles, que nous participons à la grande fresque de l'humanité », pensa-t-elle, ses yeux se perdant dans l'horizon naissant.

« Et si notre existence semble parfois fragile, éphémère, c'est peut-être parce que nous sommes appelés à transcender notre condition humaine, à nous élever au-delà de nos limites pour accomplir quelque chose. Nous sommes les artisans de notre propre destinée, les créateurs de notre propre vie. Nous sommes des voyageurs sur le chemin de la vie, des explorateurs de l'âme humaine, des chercheurs de vérité. Et si notre passage sur Terre est bref, c'est peut-être aussi pour mieux nous rappeler que chaque instant compte, que chaque geste, chaque parole, chaque pensée, peut changer le cours de notre histoire », poursuivit-elle, en réalisant soudain l'ampleur de ses pensées et l'impact qu'elles pourraient avoir sur sa vie et celle des autres.

« Alors je ne dois jamais sous-estimer l'importance de ma présence sur cette planète. Je suis là pour apporter ma propre note à la symphonie de l'humanité, pour créer ma propre œuvre d'art dans le grand tableau de la vie.

Chacun de nous a un rôle à jouer, une mission à accomplir, même si cela peut paraître insignifiant à l'échelle de l'Univers. Peut-être que notre mission est simplement de faire sourire une personne, de soulager une douleur, d'inciter un autre à poursuivre ses rêves. Peut-être que notre mission est plus grande, destinée à changer le cours de l'Histoire, à révolutionner la société, à sauver des vies.

Il ne faut pas reculer devant notre mission, mais plutôt l'accueillir avec passion et détermination. Et quand elle sera accomplie, nous pourrons dire avec fierté : j'ai laissé ma trace dans le tourbillon de la vie », conclut-elle avec un sourire fébrile.

Mélania contemplait le soleil levant qui illuminait le ciel de ses couleurs pastel, comme un tableau vivant qui lui rappelait que la beauté existait encore. C'était sur ces derniers mots qu'elle souhaitait terminer cette période de sa vie, laissant derrière elle les ombres du passé pour embrasser le présent avec optimisme. Elle savait que la vie n'était pas toujours facile, qu'il y aurait encore des épreuves à traverser, mais elle était prête à les affronter, confiante en sa capacité à surmonter les obstacles.

Elle prit une profonde inspiration, remplie d'espoir pour cette nouvelle journée qui s'offrait à elle. Elle était prête à explorer les possibilités infinies qui s'ouvraient devant elle, à saisir chaque instant avec détermination. Car aujourd'hui était un jour nouveau, un nouveau chapitre dans sa vie qui était encore à écrire. La nuit était derrière elle, mais l'aube apportait la lumière, l'espoir et la promesse d'un nouveau futur. Un avenir dans lequel elle serait enfin heureuse.

Elle était prête à écrire son histoire, pleine de promesses, d'aventures et de réussites. Celle de la renaissance d'une âme, d'un cœur et d'un esprit. Une histoire où les épreuves passées ne sont que des chapitres nécessaires pour parvenir à une fin heureuse.

Elle était résolue à tracer le chemin qui la mènerait vers l'accomplissement de ses rêves, vers la réalisation de ses aspirations les plus profondes. Car elle croyait que l'espoir était le moteur de la vie, et que rien n'était impossible si on y croyait suffisamment. Elle était prête à embrasser chaque instant de sa vie, à vivre intensément chaque expérience, à explorer chaque recoin du monde, à rencontrer chaque personne qui croiserait sa route. Car chaque moment était une opportunité de grandir, d'apprendre, de s'épanouir.

Elle s'engouffra alors dans sa ville en tant que nouvelle personne, avec l'ambition de faire changer les choses.

Julia Tarin

Sorcière

Les mots ont un pouvoir incroyable. Bien utilisés, ils peuvent nous faire rêver, nous enrichir, nous émerveiller, nous faire rire, nous faire pleurer. J'ai décidé d'écrire ce texte pour rendre hommage et dénoncer. J'ai découvert la véritable histoire des sorcières et de l'Inquisition lors d'une visite de Carcassonne. Cela m'a chamboulée. Loin des sorcières caricaturées par les romans et les dessins animés, des milliers de femmes ont été censurées, éliminées et réprimées partout en Europe lors du Moyen Âge et de l'Antiquité. Féministe depuis plusieurs années, je me suis documentée sur le sujet et j'ai voulu vous partager à ma manière un pan de leur histoire.
Je m'appelle Julia Tarin, j'ai dix-sept ans, et parce que les femmes méritent d'être entendues, je vous invite à plonger dans leur monde à travers cette nouvelle, Sorcière.

Pays basque, XVIIe siècle

Je nettoyai le scalpel avant de le déposer à sa place, à côté des autres. Je vidai ensuite la bassine d'eau pourpre et je retirai mon tablier ensanglanté avant de m'affaler sur une des chaises de bois qui se trouvait à ma portée. L'accouchement avait été long et éprouvant, mais la mère et le bébé étaient tous les deux en bonne santé. J'exerçais l'un des plus beaux métiers au monde : celui d'offrir et de maintenir la vie. Malgré sa difficulté et sa dangerosité, ce travail me passionnait. Mais ce que je faisais était interdit, et je connaissais les risques. Chaque nouvel acte chirurgical était synonyme de bûcher. Les femmes n'avaient pas le droit de fricoter avec la médecine. Pourtant, je sauvais des vies. Combien de fois les médecins avaient-ils préféré sauver le fils au lieu de la mère ? Alors qu'avec moi, elles étaient sûres de s'en sortir. C'était ma manière de me révolter contre le système.

Quelques coups frappés à la porte me tirèrent de mes pensées. Je n'attendais personne ce soir-là. Tous les sens en alerte, je me redressai, attrapai une petite lame que je glissai dans mes jupes puis je m'approchai de l'ouverture à pas de loup.

On toqua de nouveau.

J'ouvris le battant d'un geste vif, prête à me battre. Mais au lieu de me trouver face à un soldat de la garde royale comme je le craignais, une jeune fille se tenait devant moi. Elle tremblait et n'arrêtait pas de lancer des regards inquiets derrière elle. Elle eut l'air soulagée de me voir.

– Dieu merci, je vous ai trouvée ! s'exclama-t-elle.

Je grimaçai en l'observant de haut en bas.

– Dieu n'a rien à voir avec cela. Qui t'a dit où j'habitais ?

Elle évita ma question et, à la place, lança :

– Je voudrais avorter !

Je la tirai par le bras pour la faire entrer à l'intérieur et je claquai la porte. Avorter était considéré comme un crime aux yeux de la loi, alors personne n'osait jamais prononcer ce mot. Soit la gamine était pleine de courage, soit elle était complètement inconsciente.

Je la réprimandai :

– Ne dis plus jamais ça, tu m'entends ? Tu as été suivie ?

Elle secoua négativement la tête, mais je préférais prendre mes précautions.

– Tu en es certaine ?

– Je ne suis pas idiote ! s'écria-t-elle en se dégageant. J'ai fait des détours pendant vingt minutes afin d'être certaine que personne ne me suivait.

Je lui lançai un regard noir.

– Je ne sais pas laquelle de nous deux est la plus idiote, mais ce que je sais, c'est que ce n'est pas moi qui suis enceinte !

La petite eut un mouvement de recul et ses yeux se remplirent d'incompréhension. J'étais consciente d'avoir été méchante avec elle. La fatigue avait parlé à ma place, mais la journée avait été longue ; de la soupe mijotait sur le feu et je n'avais qu'une seule envie : dîner puis me glisser dans mon lit.

Blessée, elle recula jusqu'à toucher la porte et posa sa main sur la poignée.

– Je n'aurais jamais dû venir.

Sa voix était amère et ses yeux obscurcis par les larmes.

– Si, reste, murmurai-je, lasse. Je vais t'aider, mais demain matin. J'ai eu une journée éprouvante et j'ai besoin de me reposer.

La jeune fille sembla réfléchir, avant de se rapprocher de moi avec un sourire aux lèvres. Toute trace de peur ou de regret avait quitté son visage. Je l'observai quelques secondes, interloquée. J'avais réagi exactement comme elle le voulait. Cette gamine était plus maligne que je ne le pensais.

– Je ne peux pas attendre demain matin, déclara-t-elle.

Je ris.

– Ce n'est pas toi qui décides.

Elle tira une chaise, s'assit dessus et posa ses deux mains sur son ventre.

– Arthur a été très clair avec moi. Je n'ai pas le droit de sortir le soir. Si je reviens tard et que je repars demain matin à la première heure, il va se poser des questions… et me frapper, murmura-t-elle, le visage fermé.

Je restai silencieuse, le temps d'assimiler ses paroles. Cette petite était enchaînée à un homme qui la frappait et la violait sûrement alors qu'elle ne devait pas avoir plus de quinze ans. Quel monde horriblement injuste. Or, j'avais le pouvoir de l'aider. Alors, malgré ma fatigue, je cédai.

– Reste ici ce soir, je t'aiderai à la première heure demain matin puis je te ramènerai à ton père en lui disant que tu t'es perdue dans les bois.

Elle me regarda avec reconnaissance, mais secoua la tête.

– Ma mère vous connaît, elle comprendra.

Je m'inquiétai.

– C'est elle qui t'a dit de venir ?

– Non, c'est ma tante qui lui a parlé de vous. J'ai écouté leur conversation à travers la porte de la cuisine.

Je me pris la tête entre les mains. Certaines femmes parlaient trop entre elles et manquaient de discrétion. Cela pourrait devenir dangereux pour moi si ces informations tombaient dans l'oreille de la justice. Mais c'était un risque à prendre.

– Très bien. Je vais réfléchir à une solution, mais avant tout, mangeons.

La petite me dévisagea.

– Tu n'as pas faim ?

La gamine lança un regard suspicieux à la soupe qui mijotait sur le feu et à mon livre de recettes qui traînait à côté, avant d'observer l'arrangement de la pièce principale qui me servait de cabinet médical, de cuisine, de pièce à vivre et de chambre. J'avais un petit cagibi attenant, pièce humide et minuscule dans laquelle j'essayais de ranger le plus de choses possible.

– Vous avez des bocaux, constata-t-elle sans que je comprenne où elle souhaitait en venir.

– Oui, j'ai des bocaux, répétai-je doucement.

– Est-ce qu'il y a des crapauds ou des araignées dedans ?

J'explosai d'un rire sincère.

– Je ne suis pas une sorcière.

La gamine me dévisagea avec sérieux et application pendant quelques secondes, avant qu'un sourire franc ne revienne illuminer son visage.

– Je le savais, mais je souhaitais tout de même m'en assurer. Ma grand-mère m'a beaucoup parlé des sorcières. Elle me décrivait des femmes vieilles et laides avec des ongles crochus, un long nez et une peau couverte de verrues, mais vous ne répondez pas à ces critères. Pourtant, tout le monde vous suspecte d'en être une.

Je m'assis et la regardai bien en face.

– Qui t'a dit de telles horreurs ?

– Tout le monde le dit, me répondit-elle avec des gestes larges et évasifs. Vous êtes souvent seule et on vous accuse...

Elle se tut subitement, avant de reprendre :

– Non, je ne peux pas vous le dire.

Je fronçai les sourcils, avant de répéter ses paroles :

– Tu ne peux pas me le dire ?

Elle secoua la tête et resta silencieuse. Je soupirai.

– Si tu ne me le dis pas, je ne pourrai pas t'aider.

Elle pinça les lèvres en se triturant le bout des doigts.

– Ça va vous faire du mal.

– Tu n'as aucune idée de ce qui peut me faire mal ! répliquai-je.

Alors enfin, elle m'avoua :

– On vous accuse d'avoir tué votre mari.

Je restai silencieuse. Je n'avais aucune idée de ce que j'étais censée répondre à une telle horreur. Comment les gens pouvaient-ils sincèrement penser que la disparition de Jack était de ma faute ? Personne n'avait la moindre preuve qu'il était mort. Je savais, moi, qu'il n'était pas mort. Je le sentais.

– Et toi, tu penses comme eux ? finis-je par lui demander.

– Je veux vous laisser la possibilité de vous expliquer.

Je lui adressai un triste sourire, avant de commencer à raconter :

– Jack travaillait sur un bateau qui venait de faire escale dans notre port. Il était là le jour où l'un des gars du village a essayé de me violer avec deux de ses amis dans l'arrière-cour d'une épicerie. Si Jack n'était pas arrivé à temps, je ne donnais pas cher de ma peau. Dans la bagarre, il s'est pris un coup de couteau. Tout le monde pensait qu'il allait en mourir. Mais je ne pouvais pas laisser cet homme mourir alors qu'il s'était battu pour sauver mon honneur ! Il fallait que je tente par tous les moyens de le sauver. Alors je l'ai recousu sur la table de ma cuisine avec du fil et une aiguille, j'ai pansé ses plaies et je lui ai donné des tisanes de plantes cueillies dans la forêt tout en priant pour qu'il s'en sorte. Je n'avais jamais fait ça avant, et je ne me suis plus jamais arrêtée depuis. Jack a mis du temps à guérir, mais il a survécu. Après cet événement, plus personne ne m'a regardée de la même manière. On ne parlait plus de moi comme de la jeune fille qui vivait seule à l'orée de la forêt mais comme de la femme qui avait bravé le diagnostic du médecin et soigné un homme voué à une mort certaine.

– Et que s'est-il passé, après ?

– Jack est reparti travailler sur un bateau. Il n'était pas du genre à attendre en se tournant les pouces, et les travaux dans les champs ne l'intéressaient pas. « C'est la mer qui m'a choisi », aimait-il dire. Alors il partait pendant des semaines, et moi, je restais là, à l'attendre. Je m'étais toujours promis que je ne tomberais jamais amoureuse d'un homme que je devrais passer ma vie à attendre. Pourtant, j'ai accepté de l'épouser juste avant son troisième voyage.

– Et il n'est jamais revenu, devina l'adolescente.

– Non, il n'est jamais revenu, confirmai-je. Je pense que les autres ne comprennent pas pourquoi je n'ai pas d'homme avec moi. Mais le mien est parti, que devrais-je faire ? L'attendre assise sagement sur une chaise pendant des mois ? Je ne peux pas. J'ai toujours été indépendante et ça ne leur plaît pas.

– Je suis désolée, murmura la petite.

– Tu n'as pas à t'excuser, tu n'y peux rien.

– Mais le bateau, il n'est jamais revenu ? s'étonna-t-elle.

Je préférai ne pas répondre à la question. La gamine eut la bonté de ne pas insister. Pour briser le silence, j'allai chercher des assiettes de bois et je dressai la table, avant de nous servir de la soupe de légumes.

– Et toi, quel est ton nom ? lui demandai-je alors qu'elle trempait sa cuillère dans le bouillon.

– Je m'appelle Jane.

– Enchantée, Jane. Moi, c'est Camille.

Je lui tendis la main. Elle la regarda quelques secondes sans bouger, intriguée par la tournure que prenait la soirée, avant de l'attraper et de la serrer dans la sienne.

– Enchantée.

– Maintenant, c'est à ton tour de me raconter ton histoire.

– Oh ! murmura-t-elle, elle n'est pas aussi passionnante que la vôtre.

Je haussai les sourcils et lui fis un sourire encourageant. Jane se lança.

– J'ai arrêté l'école il y a trois ans pour aider mes parents dans les champs, mais je continue à lire en cachette à la lueur des bougies. Lire et étudier ne rapporte pas d'argent, c'est une perte de temps, vous dirait mon père. C'est pour cela que je me cache.

– Au moins, tu sais lire, constatai-je avec plaisir.

– C'est vrai ! J'arrive même à me procurer un livre de temps en temps. Aujourd'hui, j'en ai trois !

Elle paraissait si fière.

– Je pourrais t'en prêter de temps en temps, si tu veux, lui proposai-je.

Un sourire sincère vint illuminer son visage.

– C'est vrai ? Quel genre de livre lisez-vous ?

– Je lis et j'écris beaucoup, lui répondis-je simplement avec un sourire malicieux.

– Et comment avez-vous appris tout cela ?

– C'est grâce à ma grand-mère. C'est elle qui m'a élevée.

– Vous n'avez pas connu vos parents ?

– Ma mère est morte quand j'étais petite.

– Et votre père ?

Je secouai négativement la tête. De nouveau, la gamine n'insista pas et se concentra sur sa soupe qui commençait à refroidir.

Après lui avoir coupé une tranche de pain, je lançai un regard par la fenêtre. Dehors, la nuit était noire d'encre et aucune étoile ne brillait dans le ciel. On n'entendait aucune chouette hululer, aucun oiseau se déplacer, ni même une branche se balancer dans le vent. Ce silence total était déroutant.

Jane regarda elle aussi dehors avant de se mordre la lèvre et de secouer nerveusement ses jambes. D'un coup, elle s'était transformée. De la jeune adolescente pleine de vie, il ne restait qu'une pâle réplique épouvantée et distraite.

– Tout va bien, Jane ? lui demandai-je en posant ma main sur la sienne pour l'apaiser.

Elle releva la tête et se dégagea avant de s'écrier :

– Oui, merci, tout va bien !

Je m'approchai de la fenêtre et soulevai le rideau de dentelle pour scruter la forêt et le pré qui bordaient la maison. Il n'y avait toujours aucun bruit dehors. Mon chat, Moustique, sauta avec agilité sur la tablette de bois pour me rejoindre, avant de miauler.

– Qu'y a-t-il ? s'étonna Jane en triturant son pain du bout des doigts.

– J'ai un mauvais pressentiment.

Ce silence absolu ne pouvait pas être naturel. Quelque chose obligeait les animaux à se terrer. Derrière moi, la gamine s'agitait toujours.

– Pour quelle raison sembles-tu soudain si angoissée ? lui demandai-je, légèrement agacée.

– Pour rien... C'est juste qu'ils vont venir...

Jane se reprit avec précipitation :

– Heu... Je voulais dire que j'ai peur qu'ils viennent.

– Ils vont venir ? répétai-je en reportant mon attention sur la gamine. Qui va venir ?

– Non, je voulais dire...

Jane se tut et jeta un regard perdu vers la porte.

– Jane, qu'y a-t-il ?

Dans la pièce, l'air était devenu électrique.

– Je...

Mon chat miaula de nouveau, m'obligeant à me retourner en direction de la fenêtre. En plissant les yeux, je les vis. De tout petits points de lumière vacillant dans la nuit noire. Il faisait trop sombre pour que cela puisse être un phénomène naturel. Et plus je regardais, plus les points se rapprochaient. Il devait bien y en avoir une centaine, et tous semblaient se diriger vers le même endroit : ma chaumière.

Je m'éloignai rapidement des vitres, fermai le verrou de ma porte et glissai trois couteaux dans mes jupes.

– Tu savais qu'ils allaient venir.

Jane baissa la tête.

– C'était un piège. J'aurais dû m'en douter. Personne ne vient me voir pour un avortement et préfère faire la discussion plutôt que de passer à l'acte afin d'en finir au plus vite.

– Je...

Je la coupai :

– Non, Jane. Je n'ai pas le temps pour tes explications, je dois partir.

– Tu ne peux pas, cria-t-elle en se levant, faisant valser son reste de soupe sur la table.

Je lâchai le sac de toile que je tenais entre les mains et la fusillai du regard.

– Je ne peux pas ? répétai-je.

– Il y a un inquisiteur avec eux. Où que tu ailles, où que tu sois, il te traquera. Il ne s'arrêtera jamais. Il veut te voir morte, il l'a dit à qui voulait bien l'entendre.

Je me figeai le temps d'une seconde. Et moi qui avais été assez bête pour croire que l'Inquisition n'était qu'un conte pour faire peur aux bonnes femmes essayant de se rebeller, une mauvaise histoire pour assurer la supériorité masculine.

– Tu sais ce qu'ils vont me faire.

Jane baissa les yeux en murmurant :

– Oui.

– Et tu les aides en me piégeant ? continuai-je.

Jane resta silencieuse.

– Ils vont me torturer, ils vont me violer, puis ils vont me brûler vive, tu le sais, ça. Alors pourquoi ?

– On m'a promis six pièces d'or si j'acceptais de te dénoncer, et dix pièces de plus si je consentais à détourner ton attention ce soir ! s'exclama Jane avec force. Ils savaient que tu t'enfuirais encore. Ils te recherchent depuis longtemps.

Je hurlai :

– Et donc, tu t'es dit que vendre une femme qui aide les autres femmes serait une bonne idée !

– Ils allaient me tuer ! se défendit la gamine. Personne n'aurait refusé cet argent, pas même toi, malgré tes beaux principes...

– Sache que je préfère tout de même être pauvre que de dénoncer des innocentes, répliquai-je.

– Je suis désolée, murmura la gamine en baissant la tête.

Je regardai de nouveau par la fenêtre afin d'évaluer le temps qu'il me restait, mais celui-ci s'était enfui. Une centaine d'habitants avec des fourches et des torches avaient encerclé ma maison.

– C'est trop tard pour l'être.

On tambourina à ma porte.

– Camille Laroche, nous savons que vous êtes ici, cria une voix masculine. Au nom de la loi, je vous arrête. Ouvrez cette porte !

– Au nom de la loi, bien sûr, maugréai-je, la mâchoire contractée par la colère.

Je savais pertinemment que de tels hommes n'avaient ni foi ni loi.

Toutes mes fenêtres et mes portes étaient fermement gardées. Je n'avais pas d'autre choix que de me rendre, mais j'avais encore celui de me battre. Alors je reposai mon sac au sol, j'ouvris la porte et fis un grand sourire à mes assaillants.

– Camille Laroche ? me demanda l'inquisiteur en me dévisageant.

Je me penchai dans une révérence narquoise en relevant les coins de ma robe comme il était coutume de le faire à la cour, histoire de leur montrer que je n'avais pas peur de me moquer d'eux.

– Pour vous servir, répondis-je avec un sourire.

Je me redressai avec grâce.

– Excusez-moi, monsieur, mais il me semble que nous n'avons pas été présentés.

L'inquisiteur me toisa d'un œil mauvais. Il était habillé tout de noir. Un grand chapeau lui couvrait la tête de telle sorte qu'il était impossible de distinguer son visage. Pourtant, je pouvais sentir toute la haine qu'il ressentait pour moi.

– Je m'appelle Juste.

– Juste ? répétai-je. C'est un nom difficile à porter, surtout pour quelqu'un tel que vous, qui êtes réputé pour n'administrer aucune justice.

L'inquisiteur grinça des dents alors que les villageois, derrière lui, commençaient à murmurer.

– Je suppose que ça ne doit pas être facile pour vous non plus de porter le nom d'un noble en sachant qu'on est une bâtarde.

Je me pinçai les lèvres alors que quelques rires retentissaient dans l'assemblée. Comment avait-il pu le savoir ?

– Je vous remercie de vous en soucier, mais je le vis bien. Ma mère était une prostituée, elle n'aurait jamais pu épouser un comte, malgré tout l'amour qu'ils se portaient.

– Une femme aux mœurs légères qui a engendré une sorcière, déclara l'inquisiteur. Quel bel arbre généalogique.

– Que voulez-vous ? le coupai-je en haussant le ton.

– Ce que je veux ? renchérit-il avec un rire supérieur. Je veux que vous payiez pour vos péchés.

– Et de quoi m'accusez-vous ? demandai-je en croisant les bras sur ma poitrine.

– Nous vous accusons de sorcellerie.

– De sorcellerie, répétai-je. C'est assez vaste, comme accusation.

– La réfutez-vous ? grogna l'inquisiteur.

– Non, je souhaiterais avoir plus de précisions. Qu'ai-je fait exactement ? Pourquoi me considérez-vous comme une sorcière ?

– Donc vous avouez ! s'exclama l'homme avec un sourire ravi.

Je grimaçai. Il cherchait à me déstabiliser.

– Non, vous ne m'écoutez pas. De quoi m'accusez-vous ? répétai-je pour la deuxième fois.

– Nous vous accusons de sorcellerie, recommença l'inquisiteur en insistant sur chaque mot comme il l'aurait fait en s'adressant à un petit enfant. C'est vous qui ne m'écoutez pas, madame Laroche.

Je me retins de lui mettre un coup de poing dans son si joli chapeau afin de lui faire comprendre ce que je pensais de ses méthodes.

– On vous accuse de meurtre, d'avortements, de donner naissance sans autorisation, ainsi que de pratiques de sortilèges.

– Je n'ai tué personne. Et ai-je vraiment besoin d'attendre un bout de papier de votre part m'autorisant à aider une femme qui souffre lors de son accouchement ? Et si j'avais réellement des pouvoirs, je vous aurais déjà tous transformés en cochons comme l'a fait Circée, répliquai-je calmement.

À ces mots, « transformés en cochons », tous les villageois eurent un mouvement de recul. Seul l'inquisiteur resta droit dans ses bottes.

– L'avortement est puni de peine de mort. Il n'est pas de votre ressort de décider qui peut vivre ou mourir. Vous n'êtes pas Dieu.

– Mais il relève de mon domaine de tenter de vous ouvrir l'esprit, ripostai-je. Sauf votre respect, monsieur, les femmes tombent très facilement enceintes, qu'elles le veuillent ou non. Or, quand il s'agit de prendre ses responsabilités, l'homme fuit. C'est à la femme de faire face. Alors allez-vous les condamner pour avoir voulu se libérer d'un enfant qu'elles ne souhaitaient pas ?

– C'est un meurtre ! s'indigna l'inquisiteur, soutenu par plusieurs hommes qui l'entouraient.

– Non, rétorquai-je. C'est du bon sens, c'est de la survie ! Quand elles se font jeter hors de chez leur père parce qu'elles sont enceintes par la faute d'un homme qui ne l'assumera jamais, une seule bouche à nourrir est déjà bien assez difficile comme ça pour ne pas s'encombrer d'une deuxième. Et avez-vous pensé au viol ? Qui souhaite garder un enfant qui lui rappellera chaque jour l'horrible moment où elle a perdu une partie de sa vie, sa dignité, une partie d'elle-même ?

– Vous ne savez pas de quoi vous parlez, commenta l'homme vêtu de noir.

– Non. C'est vous qui ne savez pas de quoi vous parlez, m'énervai-je. Vous êtes un homme. J'imagine que vous ne vous êtes pas posé la question une seule seconde. Rappelez-vous l'une des premières choses que vous m'avez dites. Vous m'avez reproché d'être la bâtarde d'un comte et d'une prostituée. Je représente à moi seule parfaitement la situation. Alors ne me dites pas que je ne sais pas de quoi je parle !

L'inquisiteur s'approcha de moi d'un air menaçant, mais je ne reculai pas.

– Cette conversation n'a pas lieu d'être. Vous avez assumé ouvertement vos péchés devant une centaine de personnes, je vous condamne donc à mourir !

– Faites donc ! Tuez-moi si cela vous chante, mais vous ne m'empêcherez pas de parler, de hurler ce que j'ai à dire !

L'inquisiteur fit un pas de plus. Ses yeux lançaient des éclairs et sa bouche se tordait d'une si vilaine façon qu'il était difficile de ne pas trembler face à lui.

– Taisez-vous ! gronda-t-il.

Mais je n'avais aucunement l'intention de me taire. Si je devais mourir, autant que cela marque les esprits. Autant que ma mort soit aussi utile que l'avait été ma vie.

– C'est cela que vous voulez ? continuai-je. Oui, j'ai aidé des femmes à avorter. Des dizaines de femmes. Vos femmes à tous !

Je pointai du doigt le groupe de villageois qui me tenait prisonnière sur le pas de ma propre porte.

– Marie a avorté. Augustine a avorté. Marguerite a avorté aussi...

À chaque nom, tous s'exclamaient, se récriaient, s'indignaient, se retournaient les uns vers les autres. Marie porta ses mains sur ses yeux alors que sa mère la sermonnait, et Marguerite, qui était restée derrière, baissa la tête pour ne pas croiser les regards accusateurs que lui portaient ses voisins.

– Ne t'inquiète pas, Élisabeth, je ne t'ai pas oubliée. Agnès non plus, continuai-je.

Les deux filles se terrèrent dans le silence, mortes de honte. Cela ne m'amusait pas de les dénoncer en pleine tempête, devant tous ces gens qui ne vivaient que pour le scandale, mais la situation était désespérée, et je devais m'en sortir à tout prix.

L'inquisiteur frappa dans ses mains pour faire revenir le silence, avant de se tourner vers ses dévoués sujets pour tenter de les calmer.

– Ne vous laissez pas atteindre par ces mots. Rappelez-vous qu'elle excelle dans la sorcellerie. Elle essaie de vous monter les uns contre les autres. Ne la laissez pas gagner !

Tous finirent par délaisser les pauvres femmes et se turent pour l'écouter. Je ne pouvais pas nier que cet homme avait du charisme. Sa prestance et son sérieux lui permettaient d'être respecté de tous. Mais il était tout aussi insupportable de se rendre compte que la plupart des hommes se contentaient de suivre l'autorité plutôt que de faire un choix éclairé. J'avais l'impression d'être face à un troupeau de moutons effrayés avec à leur droite un berger noir, l'inquisiteur, et à leur gauche un méchant loup, moi.

– Je ne cesserai pas de le clamer : je ne suis pas une sorcière ! Et je ne m'excuserai pas pour ce que j'ai dit ou fait.

– Alors vous reconnaissez les faits dont on vous accuse, s'amusa l'inquisiteur en se tournant de nouveau vers moi après s'être assuré d'avoir contrôlé et gardé le soutien de la masse grouillante qui l'entourait.

– Je n'ai pas terminé ! Je ne m'excuserai pas de ce que j'ai fait, parce que je ne l'ai pas fait pour moi, je l'ai fait pour venir en aide à toutes ces femmes. Si notre médecin avait été meilleur, des femmes ne seraient pas venues me voir en détresse. Si le fait de tomber enceinte n'était pas synonyme de déshonneur, voire de mort, jamais personne ne m'aurait demandé de l'avorter. Si les études de médecine étaient accessibles aux femmes, jamais vous ne m'auriez accusée !

– Nous ne sommes pas au procès de notre société, madame, mais au vôtre.

Je m'indignai :

– Alors c'est à cela que ressemble un procès, selon vous ? Je n'ai pas d'avocat, et il n'y a pas de juge. Je suis seule, devant chez moi, au beau milieu de la nuit, entourée d'hommes et de femmes qui m'accusent sans preuve ni réflexion et me menacent avec des lances enflammées.

Personne ne prit la peine de me répondre. Derrière moi, Jane regardait le triste spectacle auquel elle avait contribué.

– Vous n'avez pas besoin d'avocat, finit par déclarer l'un des paysans de l'assemblée que je connaissais depuis que j'étais enfant. Vous vous en sortez très bien.

– Non ! m'exclamai-je en tentant de ravaler mes sanglots.

Je savais bien que la situation ne tournerait jamais à mon avantage. Ils étaient tous prêts à me retenir prisonnière jusqu'à la seconde où l'on me passerait la corde au cou. Tous m'avaient déjà condamnée au fond de leur cœur. Mais ce qui me faisait le plus mal, c'était de savoir que des gens que je côtoyais depuis des années avaient si peu d'estime pour moi.

– Je sais que vous me considérez tous comme coupable et que vous voulez ma mort, murmurai-je. Je le vois dans vos yeux. Mais pourquoi ?

Personne ne me répondit.

– Vous me connaissez tous. À toi, Fernand, je viens acheter du pain depuis des années. À toi, Jacques, je vends mes brebis. Et à toi, Louise, des fruits. Vous me connaissez, vous connaissiez ma famille.

– Ta mère fricotait avec le comte, Camille, murmura une vieille femme que je reconnus comme la laitière du village. Personne n'a jamais pu la contrôler. Elle était trop libre. C'était certain que sa fille, élevée sans père, allait être pareille.

Je m'effondrai à l'entente de ces mots.

– Vous me condamnez à cause des actes de ma mère ? murmurai-je d'une voix étranglée.

– Ta grand-mère aussi était louche. Elle connaissait les plantes : celles qui soignent et celles qui tuent, continua une autre. Je le sais, je l'ai vue faire.

– Et ton mari, Camille, où est-il ? questionna le poissonnier.

– Tu as très bien pu l'avoir tué, renchérit une villageoise.

– Jack est parti en mer ! Il n'est juste pas rentré, m'exclamai-je, affligée.

– Son bateau est revenu, lui, répliqua un homme.

Ma voix se brisa.

– Vous ne pouvez pas faire ça !

L'inquisiteur s'approcha de moi et tenta de me mettre une main sur l'épaule, mais je me reculai avec force. Je refusais que cet homme si mesquin et méchant me touche.

– Vous ne pouvez pas faire ça, répétai-je un peu plus fort. Vous ne pouvez pas me condamner au seul prétexte que ma famille a toujours été libre ! J'aime Jack, je l'ai soigné ; j'aurais donné ma vie pour lui comme il l'a risquée pour moi. Jamais je n'aurais pu lui faire du mal.

– On sait que tu l'aimes, Camille, personne n'en doute. Mais l'amour conduit parfois à faire des bêtises.

– Et le comte est mort ! s'exclama une autre.

– Quel est le rapport avec le comte ? répliqua une femme dans la foule, m'arrachant les mots de la bouche.

– Le comte est mort, continua la première en développant sa théorie. Tous les hommes qui t'ont approchée de près ou de loin sont morts. T'es fidèle qu'au diable !

De nouveau, tous les habitants s'indignèrent. Épuisée par les horreurs que j'entendais, je m'affalai contre le mur de pierre de ma chaumière en essayant de reprendre mes esprits pendant que l'inquisiteur tentait de calmer la foule en panique. La situation était désespérée. Il fallait que j'accepte mon sort. Ces hommes et ces femmes pour lesquels j'aurais donné ma vie en les sauvant de la maladie semblaient tous d'accord pour me faire brûler. Ce fut à ce moment-là que Jane, qui était restée à l'écart tout le long de la discussion tumultueuse, sortit de son silence et s'avança dans la cour.

– Ce soir, j'ai commis une erreur, commença-t-elle.

En entendant sa voix fluette d'adolescente, tous se calmèrent.

– J'ai commis l'erreur de croire un homme qui me promettait quelques pièces d'or et de l'aider à piéger une femme simple et bonne qui aidait d'autres femmes à survivre.

Je redressai la tête, j'essuyai mes larmes du revers de la main et, comme les autres, j'écoutai Jane.

– Je ne connaissais pas Camille, alors quand on m'a dévoilé son rôle d'avorteuse et qu'on m'a demandé de la piéger, j'ai accepté. Je n'ai pas pensé à toutes ces femmes qui allaient la voir en cas de problèmes. Je n'ai pas pensé à moi qui aurais sûrement besoin d'elle un jour. Je n'ai pas pensé aux conséquences de mes actes, ni même à la raison de ceux-ci. J'ai seulement vu que la promesse de quelque argent m'aiderait à améliorer mon quotidien. Il y a encore quelques instants, le gain escompté me semblait une raison suffisante à cette dénonciation. Jusqu'à ce que je la rencontre, elle.

Jane me pointa du doigt.

– Elle le fait presque gratuitement, malgré tous les risques que cela implique. Elle le fait sans nous demander la moindre explication. Elle est meilleure que moi. Même pour de l'argent, elle n'aurait pas accepté de dénoncer une femme.

Tous continuèrent de rester silencieux. Certains, dans le fond, se dressèrent sur la pointe des pieds pour mieux voir. Ils attendaient, comme moi, la conclusion de Jane.

– Elle est meilleure que nous toutes réunies. Que celles qui ont déjà eu besoin de ses services lèvent la main.

Agathe fut la première à tendre la sienne. Les villageois se tournèrent vers elle et commencèrent à la juger et à marmonner, jusqu'à ce qu'Élisabeth lève la main à son tour, bientôt rejointe par Marguerite, puis Augustine, puis Rose, puis des dizaines de femmes qui devenaient de plus en plus confiantes à chaque fois. Autour d'elles, les gens s'indignaient et le pasteur était à deux doigts de la crise de nerfs. Pourtant, cela me semblait être le plus bel instant de ma vie. Pour la première fois, les femmes semblaient capables de se soutenir et de se battre.

Impuissant, l'inquisiteur regarda les mains se lever en soupirant. Je n'avais jamais vu certaines de ces femmes, je ne connaissais même pas leur existence ni elles la mienne, mais elles levaient quand même la main, en soutien. Revigorée par ce renfort inattendu et à nouveau pleine de confiance, je repris la parole.

– Me condamner, monsieur l'inquisiteur, c'est condamner toutes ces femmes qui ont besoin de moi. Je suis certaine que vous n'oserez jamais faire ça.

L'inquisiteur me toisa. Sa voix se fit plus tendue et son visage se ferma encore. Il semblait hors de lui.

– C'est mal me connaître que de penser cela, répliqua-t-il d'une voix sèche.

Et avec un regard mauvais, il siffla. Alors, des dizaines d'hommes de la garde royale apparurent, semblant surgir de nulle part. Ils ceinturèrent la foule en quelques secondes. Comment avais-je pu ne pas les voir ? Comment avais-je pu ne pas m'en douter ? Évidemment qu'un homme, inquisiteur ou non, ne serait jamais venu sans renfort la nuit en pleine forêt, avec pour seul accompagnateur un groupe de paysans aussi instables que des girouettes. Et c'est à cet instant que je compris que je n'avais jamais eu la main sur la situation. Tout ce qui venait de se passer n'avait servi à rien. Ce n'était pas mes voisins que j'étais censée convaincre. J'étais déjà condamnée avant même de choisir de me lancer dans la bataille.

– Attrapez toutes les femmes qui ont levé la main et jetez-les en prison, ordonna l'homme vêtu de noir. De même pour cette gamine.

L'inquisiteur pointa du doigt Jane, et elle fut emmenée avec les autres.

– Non, lâchez-les, m'emportai-je. Lâchez-les, elles n'ont rien fait !

Deux gardes m'empêchèrent d'atteindre le cortège de femmes qui s'étaient dénoncées pour me venir en aide.

– Lâchez-les, je vous dis, continuai-je en me débattant comme une lionne. Laissez-les, prenez-moi à leur place, elles n'ont rien fait.

Mais ce fut insuffisant. J'avais bien moins de force que les deux gardes qui me retenaient fermement prisonnière, et j'étais bien trop épuisée. Derrière moi, le reste des villageois en colère était encadré par l'armée. Certains semblaient furieux, d'autres résignés, comme s'ils s'étaient attendus depuis le début à ce que cela se termine comme ça.

– Lâchez-les, murmurai-je de nouveau en glissant par terre.

Derrière moi, trente-sept femmes se firent conduire à la prison du comté.

L'inquisiteur me rejoignit après s'être assuré que tout rentrait dans l'ordre. Il m'attrapa le visage entre ses deux mains sèches et planta ses yeux dans les miens.

– Elles vont toutes être pendues, me susurra-t-il avec un sourire mauvais. Et toi, tu vas les regarder mourir, puis viendra ton tour...

Avec rage, je lui crachai au visage. Mais sa réaction ne se fit pas attendre. Il leva la main et me gifla si fort que ma tête heurta le sol, puis tout devint noir autour de moi.

Lucie Le Bars

Policier à Saint-Yves-sur-Polochon

Je m'appelle Lucie, j'ai treize ans et j'écris depuis que je suis toute petite. Vers quatre ou cinq ans, je dictais à ma grand-mère des histoires qu'elle écrivait et que j'illustrais par la suite. Puis, dès que j'ai su à peu près écrire, j'ai commencé à créer des histoires toute seule sur un ordinateur. Celles-ci ne faisaient que quelques lignes. J'avais par exemple raconté la création de la parole, ou du moins comment j'imaginais la création des premiers mots. C'était déjà un texte plutôt humoristique. J'ai essayé d'écrire des textes plus ou moins sérieux, mais j'ai du mal à écrire sans blagues. Au début, je voulais écrire des romans, mais je trouve cela vraiment difficile. En général, je me retrouve soit devant une histoire bâclée, soit je ne la termine jamais. Alors, quand j'ai découvert les nouvelles, notamment Le Nombril de l'univers *de Jacques Dor, j'ai adoré et j'en ai écrit une :* Policier à Saint-Yves-sur-Polochon.
Pour beaucoup, l'écriture est un moyen de faire paraître ses émotions, ses sentiments ou ses rêves. Pour moi, c'est plus un jeu, même si je mets beaucoup de ma personnalité dedans.
J'aime beaucoup imaginer des histoires, des mondes, des personnages. Il m'arrive même de fermer les yeux et de passer des dizaines de minutes simplement à imaginer.
Quand j'étais petite, je jouais beaucoup avec des Playmobil, et quand j'écris, cela m'y fait un peu penser : j'ai un personnage ou plusieurs et je leur fais vivre des aventures.

Ma professeure de latin (lauréate du prix Clara 2010) avait placardé un peu partout dans le collège des affiches du prix Clara pour nous inciter à y participer. Je n'y avais tout d'abord pas fait très attention, mais une amie est venue me demander si je voulais m'inscrire. J'ai tout de suite pensé à cette nouvelle que j'avais écrite durant les grandes vacances 2022. Je l'ai beaucoup retravaillée, puis je l'ai envoyée. Au début, je pensais n'avoir aucune chance de gagner avant d'être recontactée. Dans ma tête, gagner un concours de nouvelles, c'était le genre de choses qui n'arrivent toujours qu'aux autres. Mais il s'avère que je me suis trompée.

Bref, maintenant, je suis heureuse de me dire que grâce à ma nouvelle, on va sûrement enfin parler de la ville de Saint-Yves-sur-Polochon.

Bonne lecture !

Quinze ans ! Et oui... cela fait quinze ans que Bob est policier à Saint-Yves-sur-Polochon. Selon vous, comment se passe le quotidien d'un policier ?

Action ? Courses-poursuites ? Eh bien, pas pour Bob, ni pour les autres policiers à Saint-Yves-sur-Polochon.

En vérité, Bob et ses collègues faisaient des siestes. Il leur arrivait parfois de chercher de la paperasse oubliée, sans grand succès car il n'y en avait tout bonnement jamais eu.

– Il est où, Sylvain ? demandait parfois un collègue, quand il ne faisait pas la sieste.

– J'sais pas... peut-être avec Didier ? répondait Bob, quand lui-même ne dormait pas.

Voilà comment se déroulait le quotidien de Bob. Mais aujourd'hui...

***

Bip, bip, bip ! Bip, bip, bip ! C'était le bruit du réveil d'André. Il était bijoutier depuis dix ans, mais dans une ville aussi morte qu'ici, quand il vendait quelques bracelets, c'est qu'il était chanceux. Dix heures. André ouvrit sa bijouterie, il était toujours très ponctuel : jamais il n'avait ouvert en retard, et jamais il ne le ferait.

André alla s'asseoir sur sa chaise, qui était de loin son meilleur investissement depuis l'ouverture de sa boutique puisqu'il y passait, comme les policiers, la plupart de son temps à y faire la sieste. Mais à cet instant, avant de fermer les yeux, il remarqua un détail : une trace de boue ! Il était pourtant certain de ne pas avoir marché dans la boue. Ni aujourd'hui ni hier. Il alla regarder les bijoux dans la vitrine et constata avec stupeur qu'il en manquait ! Six, pour être exact.

André n'avait pas peur. Et il était trop stupéfait pour éprouver toute autre émotion.

– Un crime, murmura-t-il, un crime à Saint-Yves-sur-Polochon...

***

Bob fut réveillé en sursaut quand le bijoutier de la ville entra dans le commissariat. Lui et les vingt-trois autres policiers contemplèrent André avec stupéfaction. Ce dernier toussota, s'avança d'un pas puis lança :

– Bonjour, hum... où puis-je signaler un cambriolage ?

Il y eut un silence durant lequel les policiers essayaient clairement de se rappeler ce qu'il fallait répondre dans ces cas-là, jusqu'à ce que Bob finisse enfin par briser le silence :

– Heu, oui, oui ! bafouilla-t-il. Heu, bonjour, monsieur... ?

– Turin, dit André. André Turin !

– Venez dans mon bureau, monsieur Turin.

André et Bob s'installèrent dans un bureau miteux.

– Vous parliez d'un cambriolage, monsieur Turin ? commença Bob.

– Exactement, confirma André.

Il lui expliqua l'empreinte boueuse puis comment il avait découvert les bijoux manquants.

– Un cambriolage à Saint-Yves-sur-Polochon, marmonna Bob, jamais vu ça...

Bob et les autres policiers se rendirent à la bijouterie, une fois la plainte enregistrée.

– C'est bizarre, non ? demanda Didier.

– Qu'est-ce qui est bizarre ? s'étonna Bob.

– Il n'y a jamais eu le moindre crime, ici, et le premier cambrioleur qui arrive, il ne laisse presque aucune trace.

***

Deux semaines plus tard, alors qu'André se rendait à sa bijouterie, il tourna la tête vers le kiosque à journaux et lu les gros titres :

«*Jean-Jacques Lofet cambriolé à Saint-Yves-sur-Polochon*»

André fut intrigué, il connaissait Jean-Jacques, c'était l'épicier du coin. Il réveilla alors le vendeur, acheta le journal et, après l'ouverture de sa bijouterie, alla lire les nouvelles.

– Mais qui vient à Saint-Yves-sur-Polochon pour cambrioler ? marmonna André.

Il dit aussi :

– Quelle idée de venir ici...

Ou encore :

– Bizarre...

***

Le commissariat avait repris vie. Sur le tableau d'enquêtes, les indices recouvraient maintenant les gribouillages d'ennui de Bob. Les policiers étaient passés subitement de soixante-huit siestes par jour à quatre. Les discussions fusaient de toutes parts.

– Alors, ça donne quoi la recherche des points communs entre les cambriolages ? demanda Sylvain.

– C'est la même personne qui a fait les cambriolages, c'est sûr ! répondit Bob. En même temps, il n'y a pas beaucoup de cambrioleurs, par ici...

***

Geneviève, une vieille femme restée bloquée avec ses six chats en 1950, se réveilla et, cherchant sa montre à tâtons, ne toucha rien d'autre que la pierre froide qui recouvrait la surface de sa table de chevet. Elle se leva et alla dans son salon. Son lecteur cassette authentique avait disparu. En réalité, tous les objets datant d'après 1950 avaient disparu, même si ces objets n'étaient pas très répandus chez Geneviève.

Geneviève arriva au commissariat. En entrant, elle entendit des murmures comme : « Encore ! » ou « Mais c'est déjà le troisième en un mois ! ». Alors, d'une voix chevrotante, Geneviève dit :

– Heu... bonjour... J'ai également été cambriolée...

***

Sur la scène de crime, les policiers ne trouvèrent d'abord aucun indice, mais juste avant d'abandonner, Didier s'écria :

– Là ! Une empreinte digitale, on devrait continuer à chercher un peu.

Environ cinq minutes plus tard, Sylvain s'exclama :

– J'ai un cheveu, ici !

C'est avec ces indices en poche que les policiers retournèrent au commissariat.

***

– Je vais lancer l'analyse ADN, dit Didier.

Quelques heures plus tard, Didier entra en trombe dans l'open space en criant :

– Je sais qui c'est ! Je sais qui est le voleur !

– Super ! Moi je dois emmener mon... heu... lapin chez le vétérinaire, expliqua Bob. Je vais y aller.

– Et on peut savoir qui c'est ? s'impatienta Sylvain.

– C'est Bob ! s'écria Didier.

Tous les regards se tournèrent vers Bob.

– Bob, mais pourquoi ? s'étonna Sylvain.

Bob regarda ses collègues sans dire un mot.

– Heu... on est censé faire quoi, dans ces cas-là ? demanda Albert.

– Il faut peut-être l'arrêter, non ? répondit Sylvain. Bernard ! Passe-moi les clefs de la cellule, s'il te plaît !

– Quoi ? Mais c'est Jean-Jacques qui les a !

– Mais pourquoi je les aurais ?

Les policiers se regardèrent, chacun criant qu'il n'avait pas les clefs.

Albert finit par proposer que trois policiers gardent Bob tandis que les autres chercheraient les clefs.

Au bout de dix minutes, les trois policiers qui attendaient s'impatientèrent :

– Ils sont lents, non ?

– J'imagine que jouer aux cartes pendant qu'on est censés garder Bob, ce n'est pas très professionnel...

Au bout d'une demi-heure, Didier arriva avec un trousseau de clefs dans la main.

– Désolé, elles étaient sous mon nez depuis le début !

Bob suivit ses collègues jusqu'à une cellule à la serrure tellement rouillée qu'il fallut à Didier une bonne minute pour ouvrir la porte. La pièce était tellement poussiéreuse que Sylvain alla chercher un balai et la nettoya.

Environ dix minutes plus tard, Bob se retrouva enfermé seul dans la cellule. Cette solitude ne fut que passagère, car environ une heure plus tard, huit agents de l'IGPN arrivèrent et interrogèrent Bob. Ce dernier finit par se confesser :

– Comprenez-moi, cela fait quinze ans que je vais tous les jours au commissariat en rêvant d'action. Cela fait quinze ans que je passe devant la bijouterie dans laquelle il y a toujours les mêmes bijoux. Vous vous rendez compte ? Il n'en manque jamais un ! Cela fait quinze ans que j'entends, au moment où je passe devant chez Geneviève, le générique de *Columbo*, qu'elle vient de lancer sur sa télévision en noir et blanc. Cela fait quinze ans que juste avant d'arriver au commissariat, après tout ce chemin sans le moindre crime, je passe devant le kiosque à journaux qui n'a jamais affiché autre chose que le « Festival de pétanque de Saint-Yves-sur-Polochon édition 2004 ». Enfin, cela fait quinze ans que durant chaque sieste je rêve d'arrêter des criminels. Alors un jour, j'ai craqué. Ce jour, je m'en souviens comme si c'était hier, alors que croyez-le ou non, c'était il y a vingt-deux jours ! Ce jour-là, durant ma quatorzième sieste de la journée, j'avais rêvé que je cambriolais Geneviève, André et Jean-Jacques, et qu'à la suite de ces crimes, la ville s'était réveillée d'un coup ! Hop !

Tout le monde debout ! Du jamais vu à Saint-Yves-sur-Polochon ! Cette sieste m'a tellement perturbé que je n'ai pas pu trouver le sommeil pendant au moins... dix minutes ! Pendant cette insomnie, je me suis dit : « Et pourquoi cela ne resterait qu'un rêve ? Pourquoi cette fois ce ne serait pas différent ? Et si cette fois, les gens se réveillaient enfin ? » En plus, vu que je suis policier, je sais comment effacer les preuves. Bon, j'en ai sûrement oublié une ou deux... Voilà, j'avoue, j'ai cambriolé et c'est illégal. Mais... je voulais que la ville se réveille ; cela partait d'une bonne intention. Et puis mon fauteuil de sieste commençait à ne plus être très confortable...

***

12 août. C'était le jour du jugement de Bob.

Les arguments fusaient de toutes parts. Mais le juge finit par trancher :

– Il est vrai que les cambriolages sont condamnables, mais M. Bob a déjà rendu tous les objets volés. En plus de cela, tous les médias ne parlent plus que de Saint-Yves-sur-Polochon et de « Bob le policier ». M. Bob a donc apporté à la ville la vie et l'agitation tant attendues. M. Bob n'aura donc pas de sanction. Cependant, il devra accepter que la ville se serve de son image afin de contribuer au commerce de tee-shirts et de bobs à son effigie. La vente des bobs de Bob servira à financer le nouveau commissariat doté d'une salle de jeux.

Bob sortit soulagé du tribunal.

La vie à Saint-Yves-sur-Polochon s'était grandement améliorée.

Beaucoup de nouveaux bâtiments avaient poussé un peu partout dans la ville. Les habitants avaient enfin des activités autres que la sieste. Par ailleurs, cette histoire, désormais connue, attira beaucoup de touristes, ce qui eut comme conséquence d'enrichir la ville. Chez Geneviève aussi il y eut des changements, car oui, elle avait adopté trois nouveaux chats ! André, lui, vendait tellement de bijoux qu'il avait maintenant besoin d'être régulièrement réapprovisionné !

Enfin, les plus gros changements concernaient sûrement Bob. Il était passé de « policier qui attend » à « star municipale » ! Dans toute la ville, les gens n'avaient que trois mots à la bouche : « Bob le policier ».

Bob était devenu une légende !

Maïwenn Doublet

Willy

Analyser, imaginer, exécuter, accomplir. Je pense que ces mots ne me définissent pas trop mal. Vu comme ça, c'est vrai que l'on dirait des mots tirés au hasard d'un dictionnaire, mais c'est comme ça que je procède depuis toute petite quand j'écris ! J'ai commencé par inventer des poèmes, puis des petites histoires ; j'ai aussi entamé beaucoup de romans restés inachevés.
À l'âge de treize ans, j'avais entendu parler du prix Clara et j'y avais participé, mais ma nouvelle n'avait pas été retenue. Ce qui me plaît autant dans les livres, c'est l'aventure, l'imagination, la découverte... Je ne peux pas tout citer, mais je crois simplement que j'adore les livres !
Un jour, j'ai décidé de vivre ma propre aventure et de partir une année scolaire au Danemark en tant qu'étudiante d'échange. Ça a été une superbe expérience ; j'ai appris plein de choses sur moi et sur les différentes façons de voir le monde. J'ai alors décidé de réécrire une nouvelle pour le prix Clara. Ainsi, j'ai pu exprimer à travers cette histoire ce que j'ai appris et qui d'après moi est très important.
Merci au prix Clara d'avoir choisi ma nouvelle. Pour moi, c'est comme un rêve, je n'aurais jamais cru qu'à seize ans, l'une de mes nouvelles serait publiée !

Mes yeux fixaient la feuille sur laquelle ne figuraient encore que cinq pauvres mots : « Tailmone Chiara », c'est-à-dire mon nom et mon prénom. Venaient ensuite « mathématiques » et « exercice un ». J'essayais en vain de me concentrer sur ce devoir qui me semblait interminable. Or, les cris incessants des enfants qui jouaient dans le parc en dessous de chez moi me rendaient la tâche impossible. Ces clameurs enfantines martelaient mon crâne, un véritable supplice. Ma patience a des limites, et elle était justement à bout, ma patience ! Il fallait que ce vacarme cesse avant que j'en perde l'ouïe. Dans un élan de colère engendrée par mon exaspération, je me dirigeai vers la fenêtre de ma chambre et l'ouvris. Alors que je m'apprêtais à crier de rage, je fus stoppée net dans mon élan et me surpris à sourire... Comme par magie, une douce nostalgie avait chassé toute haine. Comment avais-je pu, ne serait-ce qu'une seconde, les blâmer ? Je les regardais s'amuser... Leurs cris de petits sauvageons n'étaient rien d'autre que des cris de joie. Ce groupe d'enfants n'avait en tête qu'une seule chose : JOUER ! Peu leur importait d'être échevelés et maculés de poussière. La terre sèche était leur royaume. Ils y régnaient en maîtres, s'adonnant à la course avec cette énergie propre aux petits enfants. Le monde des adultes s'arrêtait à la frontière de leur royaume. Inconscients de leur aspect négligé, ils se trouvaient à mille lieues des grandes personnes et de leurs regards désapprobateurs.

Contempler ces enfants me ramenait une douzaine d'années en arrière, lorsque je devais avoir à peu près le même âge qu'eux. J'allais moi aussi au parc. C'était là que je passais le plus clair de mon temps libre, au grand regret de ma mère. Celle-ci désapprouvait le fait que je reste des heures dehors, à courir sur une terre tantôt boueuse, tantôt poussiéreuse selon les saisons. En effet, ma soif de liberté malmenait mes robes et mes ballerines de petite fille sage. Mes retours au logis me valaient de solides réprimandes, car ma mère détestait me voir crottée et poussiéreuse. Mais du haut de mes cinq ans je n'y prêtais guère attention. Il me suffisait de retourner, ne serait-ce que quelques minutes, au parc pour oublier ses remontrances.

Je ne parvenais pas à détacher mon regard de ces petits êtres. Subjuguée par leur facilité à intégrer les nouveaux arrivants, même au beau milieu d'une partie de jeux. Ensemble, ils se créaient un monde tout neuf, libéré des barrières inventées par les adultes. Fascinée par ce spectacle, je me revis au parc pour la première fois. Je reconstituai mentalement la bulle que je m'étais créée pour vivre au pays des rêves. J'y étais aventurière, princesse ou pirate. Puis j'avais grandi, grandi, et m'étais soudainement retrouvée au pays des règles et des interdits, laissant derrière moi tant de choses ! Des règles et des interdits que je m'infligeais à moi-même pour mieux m'intégrer dans le monde des grandes personnes, et qui m'avaient conduite à être contaminée par le virus de la peur. Peur de ne pas tout réussir, peur des moqueries et des humiliations. Enfin et surtout, peur de déplaire aux adultes ; si bien que je m'appliquais en toute chose pour leur ressembler. À tel point que je n'étais même plus capable de me souvenir de la dernière fois où j'avais séjourné dans ma bulle, au pays des rêves. Il m'était tout aussi impossible de me remémorer le bonheur ! Non pas la simple joie qu'on s'invente à Noël ou pour notre anniversaire, mais LE VRAI BONHEUR. Celui qui vous soulève au-dessus du monde ordinaire. Le bonheur né par exemple d'un interminable fou rire. Cette folle gaieté capable d'effacer tout tracas. Pourrais-je à nouveau, un jour, regoûter au bonheur ?

J'arrivai essoufflée devant la classe avec vingt minutes de retard. Je m'étais couchée tard pour pouvoir finir mon devoir. Et ce matin, lorsque la sonnerie de mon réveil avait retenti, j'étais plongée dans un profond sommeil. Je ne l'avais pas entendu sonner. J'entrai dans la classe avec l'intention de m'excuser, mais ma professeure de mathématiques me devança :

– Bonjour, mademoiselle Tailmone, quelle excuse allez-vous nous trouver pour votre retard, aujourd'hui ?

Je sentis tous les regards se braquer sur moi. Je sentais la chaleur qui brûlait mes joues, devinant que celles-ci avaient viré au rouge écarlate. Comme à son habitude, madame Gireau prenait un malin plaisir à m'humilier devant toute la classe, me donnant du « mademoiselle » et me vouvoyant. Elle faisait son petit numéro pour que je sois la cible de tous les regards. Surmontant ma gêne, je balbutiai quelques excuses :

– Je suis vraiment désolée, madame, je n'ai pas entendu mon réveil sonner ce matin.

Peu convaincue par mes explications, mon enseignante me répondit en affichant ouvertement sa contrariété :

– Je suis déçue, je m'attendais à une meilleure excuse de ta part, Chiara !

Je mis du temps à comprendre qu'elle tournait en dérision mes excuses bateau, mais je finis par riposter :

– La raison de mon retard vous semble peut-être trop banale pour être vraie. Mais la simple vérité vaut mieux que l'imagination.

Madame Gireau sourit, ce qui eut pour effet d'accentuer les profondes rides de son visage. Puis elle me répondit d'un air narquois :

– J'aurais préféré une explication telle qu'une attaque de zombies interrompant la circulation ou je ne sais quoi d'autre, cela aurait été sans aucun doute bien plus divertissant pour nous tous !

Reprenant son sérieux après avoir ajusté ses lunettes rondes sur son nez, elle ajouta :

– Peu importe, il va peut-être falloir penser à acheter un réveil plus performant, car c'est déjà ton quatrième retard depuis la rentrée !

Je n'ajoutai rien, elle n'avait pas totalement tort, je devais songer à trouver une solution. Je me dirigeai donc vers ma place. Quelle ne fut pas ma surprise de constater que sur le siège adjacent au mien, se trouvait un inconnu. La stupeur dut se lire sur mon visage, car avant que je n'eusse le temps de poser une question, ma professeure m'expliqua :

– Chiara, je te présente Willy, il a emménagé en ville il a peu de temps. Je compte sur toi pour l'aider à rattraper les cours qu'il n'a pas eu l'occasion de suivre dans son ancien lycée. Évite toutefois de lui transmettre ta regrettable habitude des retards. Cela ne lui serait d'aucune utilité.

Elle avait prononcé cette dernière phrase sur un ton moqueur qui me déplut profondément. Elle accompagna sa remarque d'un ricanement qui eut raison de sa coiffure. Tout en replaçant des mèches grises dans son chignon, elle reprit son cours de la manière la plus naturelle qu'il soit, comme si de rien n'était. J'eus à peine le temps de m'asseoir à côté de mon nouveau camarade que celui-ci me tendit la main avec un large sourire.

– Je m'appelle Willy, je suis enchanté de faire ta connaissance et j'espère que l'on va bien s'entendre tous les deux !

Je lui tendis la main en retour et serrai la sienne, puis répondis avec un sourire forcé :

– Euh... Enchantée, je m'appelle Chiara.

Je n'étais vraiment pas emballée à l'idée de devoir partager mon bureau avec un inconnu que je devrais en plus aider. La journée me parut interminable, j'eus l'impression que chaque minute durait des heures. Il m'arrivait parfois de jeter un coup d'œil sur mon voisin ; il gribouillait sans cesse sur ses cahiers ; ce que disaient les professeurs n'avait pas l'air de l'intéresser, son comportement immature m'irritait. Cependant, il ne me posa pas une seule question et cela m'arrangea. Il n'en avait peut-être pas besoin. Après tout, d'où venait le mythe qui disait que les nouveaux élèves étaient forcément en retard sur le programme scolaire? Le moment où la sonnerie retentit fut pour moi une libération. Je me précipitai pour ranger mes affaires dans mon sac. Puis, juste avant que je ne parte, Willy me sourit et me dit :

– À demain !

Son attitude me déconcertait.

Il s'adressait à moi comme si nous étions des amis de longue date, alors qu'il n'en était rien. Sans doute avait-il remarqué que je fréquentais peu les autres élèves.

Une fois chez moi, je ne pus m'empêcher de penser à Willy. C'était la première fois depuis mon entrée au lycée que quelqu'un me parlait sur un ton amical. J'avais bien eu une meilleure amie au collège, mais dès son entrée dans notre nouvelle école, elle m'avait laissé tomber, préférant traîner avec un nouveau groupe de filles, qui consacrait le plus clair de son temps à sécher les cours. Je m'étais bien gardée d'en faire autant. Toute à mes pensées, je sursautai quand ma mère me tira de ma rêverie.

– Chiara ! Va chercher ton frère au parc, je ne veux pas qu'il aille s'amuser alors qu'il n'a pas fini ses devoirs !

Je devinai à son ton qu'elle était partagée entre contrariété et inquiétude car il se faisait tard. Ma mère criait souvent et cela m'était très pénible. C'était pour cette raison que je lui obéissais au doigt et à l'œil.

Je me précipitai dans le parc et cherchai désespérément mon petit frère, Timothée. Nul doute qu'il jouait à cache-cache avec les autres enfants, car on n'entendait pas un seul bruit. Je fouillais chaque recoin quand un marron atterrit à mes pieds. Je levai les yeux en direction de l'arbre d'où il était tombé. J'y remarquai un garçon à la chevelure auburn.

– Willy !

Sans doute, mon exclamation lui sembla superflue.

– Oui... c'est moi, qui veux-tu que ce soit d'autre ?

– Je ne sais pas, mais je m'attendais à tout sauf à te trouver là, perché dans un arbre ! Qu'est-ce que tu fais là ?

– Ce que je fais ? Ça me paraît plutôt évident : je joue à cache-cache.

Sa réponse me fit pouffer de rire et j'ajoutai :

– Tu n'es pas sérieux, tu es en train de me dire que tu joues à cache-cache avec des enfants de sept ans !

– Pour être franc, Chiara, je déplore le fait que ceux de notre âge n'y jouent pas. Et toi, alors, que fais-tu ici ? Je suppose que tu n'es pas là pour t'amuser...

– Je suis ici car je cherche mon petit frère...

Je n'eus guère le loisir de poursuivre car il me coupa la parole :

– Non, désolé, je ne peux pas t'aider, je n'ai pas vu de petit blondinet ! Et quand bien même c'eut été le cas, je ne dévoilerais pas sa cachette. Cela fait partie de la règle du jeu.

Je lui répliquai que mon frère ne me ressemblait pas du tout et qu'il était brun aux yeux bleus. J'ajoutai :

– Mais sérieusement, tu es sûr que tu ne peux pas m'aider ? Même si c'est une question de vie ou de mort ?

Willy prit alors un air grave, puis ajouta :

– Pourquoi ? Que se passe-t-il ?

N'arrivant pas à définir si sa réponse était sérieuse ou ironique, je pris le parti de me justifier.

– Mon frère n'a pas fait ses devoirs, et s'il ne rentre pas tout de suite à la maison, ça va faire un drame !

Quittant son air grave, son visage s'éclaira à nouveau. Tout en riant, il répliqua :

– Sérieusement ! C'est une question de vie ou de mort ?

– Je t'en supplie ! Aide-moi à le trouver, s'il te plaît, je n'ai pas envie de me faire engueuler par ma mère.

Une lueur traversa son regard, et d'un air taquin, il me dit la chose suivante :

– OK, je veux bien t'aider, mais à une condition : tu m'en dois une !

Je répondis sans hésitation :

– Oui ! Pas de problème, j'accepte. Dis-moi où est Timothée, maintenant !

– Il est caché dans le buisson juste derrière toi !

Il ne pouvait plus s'arrêter de rire, et même si ça ne me plaisait pas, il n'avait pas tort. J'avais fait tout ce cinéma pour rien. Il m'aurait suffi de regarder derrière moi et j'aurais trouvé mon frère, mais au lieu de ça, je m'étais ridiculisée devant Willy. Je pris la main de mon petit frère et m'enfuis le plus vite possible du parc.

Le lendemain, j'arrivai au lycée en avance ; c'était sans aucun doute la première fois depuis le début de l'année, mais l'insomnie qui m'avait assaillie toute la nuit m'avait poussée à me lever une demi-heure plus tôt que d'habitude. J'avais redouté ce qui pouvait m'arriver aujourd'hui. D'après ce qui s'était passé au parc, j'en déduisais que Willy manquait totalement de maturité. J'étais persuadée qu'il allait raconter à tout le monde que je craignais ma mère. Et ce, pour faire rire la galerie. Or, à ma plus grande surprise, Willy ne raconta rien à personne, se contentant de me saluer quand il entra dans la classe. À midi, alors que je mangeais seule comme d'habitude, Willy s'assit juste en face de moi. Il ne dit pas un mot. Je ne comprenais pas ce qu'il me voulait.

Intriguée, je le questionnai :

– Pourquoi ?

Étonné, il répondit :

– Pourquoi quoi ? Pourquoi je joue encore à cache-cache ou bien pourquoi je me suis assis ici, ou pourquoi je ne parle pas ?

– Non, je veux dire pourquoi tu n'as rien dit à propos d'hier, pourquoi tu n'as raconté à personne que je t'avais supplié de me dire la cachette par peur de ma mère ?

– Mais pourquoi aurais-je fait ça? Cela aurait été vraiment stupide, quel en serait l'intérêt, Chiara ?

– Je ne sais pas... Les autres l'auraient fait !

– Mais je ne suis pas les autres ! Tu stresses vraiment pour rien ; il faut que tu te détendes et que tu t'amuses un peu ! Profite de la vie, Chiara !

Non mais pour qui se prenait-il ? Osait-il réellement me faire croire qu'il me connaissait mieux que moi-même ? Irritée, je ripostai :

– Qu'est-ce que tu en sais? Bien sûr que je sais m'amuser !

– Ah oui, vraiment ? Alors dis-moi quand c'était, la dernière fois !

Je mis du temps à trouver une réponse mais je finis par assener d'un air assuré :

– Cet été ! Avec ma grand-tante, nous avons joué à des jeux de société, c'était vraiment très amusant !

Il s'esclaffa si fort que tous les regards se tournèrent vers nous. Il finit par reprendre son souffle et dit :

– Tu es vraiment hilarante ! Mais ne t'inquiète pas, je vais t'apprendre les bases de la vie : savoir réellement s'amuser !

Depuis que j'avais choisi de me conduire en adulte, les comportements enfantins m'exaspéraient. Mais chez Willy c'était différent. S'il pouvait passer pour quelqu'un de puéril, en réalité, il n'en était rien. Bien au contraire, il semblait réfléchi. Je m'étais peut-être trompée à son sujet. Sans doute n'était-il pas très différent de moi. Je voulais apprendre à le connaître... Je me disais que lui au moins pourrait peut-être me comprendre. Je finis donc par acquiescer d'un signe de tête. C'était là une sorte de défi que j'étais prête à relever. Peut-être qu'en fin de compte, le virus de la peur m'avait moins détruite que je ne le pensais et qu'une part de moi-même n'avait pas quitté l'enfance.

Cette nouvelle aventure commença plus tôt que prévu lorsqu'en cours mon camarade me souffla :

– Es-tu prête à t'amuser ?

Étonnée, je lui répondis :

– Tu veux dire, là, tout de suite maintenant ? Mais on est en cours !

Avec un sourire au coin des lèvres, il objecta :

– Justement, c'est ça le plus drôle !

J'hésitais, je n'étais pas sûre que cela soit une bonne idée. Willy, sentant ma réticence, me fixa de ses yeux verts qui me suppliaient à la façon d'un enfant. Je ne pus m'empêcher de lâcher un petit rire, avant d'écrire sur un morceau de papier « OK ». Je n'arrivais pas à comprendre la force que Willy exerçait sur moi. Il y avait dans son regard un je-ne-sais-quoi d'enfantin qui était loin de me gêner. Après une brève hésitation, Willy me chuchota :

– Fais un avion avec ton papier !

Je m'exécutai, et lorsque je fus certaine que mon professeur ne pouvait pas me voir, je lançai rapidement l'engin de papier. Il alla s'écraser directement dans la corbeille à papier. Willy chuchota, hilare :

– Il a retrouvé sa place parmi les siens !

D'une moue boudeuse, je rétorquai :

– Il n'était pas si mal que ça, mon avion !

– Apparemment, ton avion a préféré finir à la poubelle plutôt que de retomber entre tes mains !

Je lui donnai un coup dans l'épaule pour exprimer mon mécontentement puis lui fis une grimace. Willy ajouta :

– Maintenant, c'est à toi de me donner un gage.

Je réfléchis un instant avant de le mettre au défi de répondre à la prochaine question posée par notre enseignant, en incluant dans sa phrase le mot « parapluie ». Il le fit, et ce fut très drôle de lire l'expression de surprise sur le visage de notre professeur de français. On continua ainsi durant tout l'après-midi, à se donner des gages, puis à rire sans plus pouvoir s'arrêter. Willy avait raison. J'avais oublié ce que c'était de s'amuser, mais il avait su me le rappeler. Il se permit d'ailleurs de m'en faire la remarque en me demandant :

– Alors, qu'as-tu pensé de cet après-midi ?

Le gratifiant d'un sourire sincère, je lui répondis :

– Merci, cela faisait longtemps que je n'avais pas ri comme ça. Dommage que la journée soit déjà terminée !

– Si tu veux, tu peux venir chez moi. Ma grand-mère prépare toujours des crêpes pour le goûter. Et je suis sûr que ça lui fera plaisir de voir que j'ai une amie !

Le mot « amie » me fit l'effet d'une étincelle qui enflamma tout mon corps. C'était donc vrai, j'avais quelqu'un qui s'intéressait à moi au point de me traiter d'amie ! Hélas ! La réalité eut tôt fait d'éteindre la flamme. Une autre personne s'inquiétait pour moi, et je savais combien elle avait à cœur ma réussite scolaire. Je connaissais les ambitions que ma mère nourrissait pour moi. Je fis donc part de mes doutes à mon nouveau camarade.

– J'aimerais vraiment venir, mais malheureusement je ne peux pas, ma mère ne va pas être d'accord car nous avons une évaluation demain et que je dois travailler.

– Ne t'inquiète pas pour ça, Chiara, tu n'as qu'à lui dire que tu as un travail en groupe très important !

C'était une bonne idée, et je fis ce qu'il me suggérait. Malgré tout, une partie de moi avait peur et des milliers de questions se bousculaient dans ma tête : était-il bien de mentir ? Qu'allait-il se passer si ma mère l'apprenait ? Et si, à cause de mon comportement enfantin, je ne réussissais pas l'examen de demain ? Pourtant, l'excitation prit le dessus et fit taire la raison. Nous commençâmes alors le trajet en direction de sa maison. Nous étions silencieux, mais une question brûlait mes lèvres et je ne pus m'empêcher de la lui poser.

– Willy, tu ne vis pas avec tes parents ?

Je regrettai tout de suite mon indiscrétion en voyant ses traits se figer ; son nez moucheté de taches de rousseur se fronça et son regard se durcit. Mais à mon plus grand étonnement, il répondit à ma question.

– Non, je ne vis pas avec eux : ils n'appréciaient pas que je sois moi-même et essayaient constamment de me modeler à leur image. Selon eux, je n'ai pas le sens des priorités et je suis un irresponsable. Ces reproches incessants étant insupportables, j'ai décidé d'aller vivre chez ma grand-mère, car elle, elle m'accepte tel que je suis.

Son discours me toucha beaucoup et je ne pus répondre que par un :

– Je suis désolée.

On arriva chez lui et chacun prit une crêpe. Willy et moi parlâmes de tout et de rien, puis il me demanda :

– Quelle était la chose la plus bizarre dont tu rêvais quand tu étais petite ?

– Je pense que je rêvais de venir à l'école en pyjama pour pouvoir me lever plus tard!

Avec son sourire malicieux, il me lança :

– Cap ou pas cap?

– De quoi? D'aller à l'école en pyjama?

– Oui!

– Cap, mais que si tu le fais aussi!

– OK, marché conclu! Rendez-vous demain à l'école en pyjama!

En arrivant en cours, j'étais étonnamment confiante, mais cet état d'esprit se dissipa vite lorsque je constatai l'absence de mon nouvel ami. Un stress incontrôlable s'empara de tout mon corps. Des milliers de questions se bousculaient dans ma tête : et si Willy était comme les autres et qu'il m'avait abandonnée? Et si tout cela n'était qu'une mascarade juste pour se moquer de moi? Finalement, Willy arriva en retard. Il semblait encore endormi avec ses cheveux en bataille et ses petits yeux gonflés. Et comme prévu, il était en pyjama, ce qui me fit rire. Quand il entra dans la salle, Mme Gireau lui demanda de s'expliquer, ce qu'il fit :

– Je suis vraiment désolé, madame, mais je me suis fait courser par des ninjas!

Toute la classe fut prise d'hilarité, professeure comprise ! C'était sans doute ça, le genre d'excuse qu'elle souhaitait entendre !

Arriver en pyjama à l'école comportait beaucoup d'avantages : tout d'abord, on gagne du temps le matin, ensuite, c'est extrêmement confortable. Mais nombreux étaient les élèves qui nous dévisageaient, et j'en éprouvais de la gêne. Willy, lui, n'y accordait aucune attention.

Après cette drôle de journée, nous nous dirigeâmes vers le parc. Il monta dans le même arbre que la dernière fois – un marronnier – puis me fit signe de le rejoindre, ce qui fut pour moi très difficile. Je n'étais pas très à l'aise pour grimper, et il dut me hisser pour que je puisse m'installer sur une grosse branche. Je redoutais la hauteur, mais Willy me rassura :

– Tu ne risques rien, si tu perds l'équilibre, je te rattraperai.

Je lui adressai un sourire crispé en guise de réponse.

Il ajouta :

– Alors, qu'as-tu pensé de notre journée pyjama ?

– J'ai vraiment adoré, mais c'est que...

Voyant mon air inquiet, il me coupa la parole et dit d'un ton sec :

– Mais quoi ? Laisse-moi deviner : tout le monde n'a fait que te fixer ?

J'acquiesçai d'un mouvement de tête, alors il reprit d'un ton plus doux :

– Tu sais, Chiara, tu n'es pas le centre du monde, et les gens ne passent pas leur vie à se focaliser sur toi ni sur tes moindres faits et gestes. Et quand bien même ce serait le cas, qu'est-ce que ça changerait ? La vie est trop courte pour se soucier des autres. Si tu veux faire quelque chose, alors fais-le, affronte ta peur, relève des défis. C'est le prix du bonheur. Pour être heureuse et fière de toi, tu dois être TOI.

Je ne sus trop quoi dire. Une fois de plus il avait raison. Sur ces entrefaites, notre conversation prit un tout autre sens ; on parla de nos parents, on se raconta nos pires anecdotes... Je ne sais combien de temps on passa dans cet arbre à parler, à ne pas se soucier du temps qui passait. C'est seulement quand le soleil commença à se coucher que l'on comprit qu'il se faisait tard. Alors on dut se quitter. Je n'avais pas remarqué la dizaine d'appels manqués de ma mère. Je savais qu'en rentrant, ça allait être ma fête, mais cela ne me faisait plus peur, bien au contraire, ça me faisait rire. Je fus privée de sortie pendant une semaine. Mais cette sanction ne m'empêcha pas de voir Willy, puisqu'on passait nos journées ensemble au lycée... Pour prolonger nos moments dans l'arbre, j'inventai un projet de groupe. J'étais consciente que la vérité finirait par arriver aux oreilles de ma mère, mais les moments passés avec Willy étaient pour moi si précieux que toutes les punitions du monde ne m'auraient pas fait changer d'avis. Notre duo était devenu inséparable. Entre les batailles de boulettes de papier, les jours où l'on mangeait des sucreries jusqu'à n'en plus pouvoir, les défis qu'on se donnait et tous les fous rires que nos blagues et nos jeux déclenchaient, je me demandais comment j'avais pu vivre sans ce bonheur durant toutes ces années. Et c'est ainsi que je réalisais combien j'avais été habitée par la peur ; la peur de désobéir, la peur des moqueries... Je me rendis compte que ce que je pensais être de la maturité chez moi ne l'était pas. J'avais exécuté à l'identique les moindres faits et gestes des adultes, sans chercher de sens à toutes ces actions. Je croyais qu'en leur ressemblant, je deviendrais comme eux. Mais la véritable sagesse consiste à faire quelque chose et à savoir pourquoi.

Nous faisions la course chaque soir après la sonnerie pour savoir qui arriverait le premier à notre marronnier. Mais c'était sans surprise : avec ses grandes jambes, Willy me devançait très facilement ! Il grimpait à l'arbre avec tellement de facilité qu'on aurait dit un chat. Pour moi, malgré quelques semaines d'entraînement, c'était toujours aussi laborieux. Mon ami devait m'aider à chaque fois, car je ne pouvais pas me hisser seule sur l'une des branches du grand marronnier. Ce jour-là, la tâche était d'autant moins facile avec ma robe. Une fois installée, je lui souris et lui dis :

– C'était vraiment trop drôle de voir la tête du professeur de français quand tu lui as fait croire qu'il avait craqué son pantalon après s'être baissé pour ramasser son stylo !

Il me répondit en rigolant :

– Oui, il avait l'air tellement gêné ! Je crois que c'est une de mes blagues préférées, car on ne sait pas quelle réaction va avoir notre victime !

– Je me demande vraiment comment tu fais pour inventer tout ça !

Il me montra du doigt l'une des petites fleurs du marronnier et m'expliqua :

– Tu sais, Chiara, la vie est comme cette fleur : c'est beau, c'est merveilleux, mais c'est éphémère. Au début, ce n'est qu'un simple bourgeon et on a du mal à voir sa beauté, puis il devient une fleur qui rayonne de toute sa splendeur. Le problème, c'est que ce n'est qu'une fois que l'on a conscience de sa beauté que cette fleur devient un fruit. J'ai eu la chance de comprendre ça assez tôt pour pouvoir profiter de ma vie avant qu'il ne soit trop tard.

Ses yeux vert profond fixaient les miens. Il était assez rare que Willy soit sérieux, mais il savait l'être lorsqu'il le jugeait nécessaire. Je ne sus quoi répondre, alors je le gratifiai d'un simple sourire. Cependant, son regard appuyé me fit comprendre l'importance de son message. Ces mots, qui semblaient jetés au hasard de la circonstance, définissaient une règle de vie mûrement réfléchie... De grosses gouttes de pluie vinrent interrompre le silence de cet échange si intense, si profond. À cet instant, Willy retrouva son âme d'enfant. Il descendit du marronnier puis me réceptionna quand à mon tour je sautai. Il me tendit sa main et énonça sur un ton théâtral :

– Mon amie, voulez-vous m'offrir cette danse ?

Je lui répondis :

– Avec plaisir, gentil damoiseau !

Et l'on dansa sous la pluie. On ne pouvait plus s'arrêter de rigoler ! Ma robe était trempée, mais je m'en moquais bien. J'étais heureuse, j'étais devenue moi, j'étais avec mon ami, mon âme sœur, et c'est tout ce qui comptait.

Le lendemain, comme tous les matins, j'empruntai le chemin qui me permettait de faire un détour par chez Willy pour pouvoir marcher jusqu'à l'école ensemble. Mais je fus sous le choc de découvrir sa maison calcinée. De la fumée s'échappait encore des cendres de la demeure de mon ami. Sur place, il y avait une équipe de pompiers et de policiers. Désorientée, affolée, je m'approchai d'eux à la recherche de réponses. Les questions se bousculaient dans ma tête : où était Willy ? Lui était-il arrivé quelque chose ? N'était-ce qu'un mauvais rêve ? Mais mon cœur s'arrêta de battre à l'instant où l'un des pompiers dit à un collègue :

– Non, malheureusement, aucune personne présente dans la maison n'a survécu.

Mes larmes dévalèrent mes joues, et mes jambes furent presque incapables de me soutenir. Mon monde tout entier venait de s'écrouler. Je venais de perdre mon ami le plus cher. Je courus jusqu'au parc et montai dans notre marronnier. Pour une fois, je réussis à le faire seule. J'avais besoin d'être seule et de reprendre mes esprits. Accrochée dans l'arbre, je trouvai une petite enveloppe. Je l'ouvris et lus la lettre qu'elle contenait :

« Coucou Chiara !

Je sais, c'est injuste, mais c'est la vie, j'ai dû partir ! Mais toi, tu es encore là. Je ne sais pas si tu t'en souviens, mais tu me devais quelque chose, alors voici ma demande : promets-moi de sourire et de ne pas pleurer de tristesse à chaque fois que tu entendras mon nom. Promets-moi de te souvenir de moi et de tous les bons moments que l'on a partagés. Mais surtout, promets-moi de ne pas chercher à plaire aux autres, et d'être heureuse !

J'ai gravé nos noms sur cet arbre, car c'est désormais le nôtre. Tu pourras venir ici quand tu te sentiras seule ou que tu auras envie de rigoler ! Sache que même si tu ne me vois pas, je serai toujours à tes côtés !

Ton grand ami, Willy »

Alors, en retraçant du doigt les lettres de nos prénoms gravés sur notre arbre, je murmurai :

– Oui, je te le promets, Willy !

Je commençai à rire en repensant à tous nos souvenirs. Sur le chemin du lycée, j'étais en larmes et je riais, je riais, en mémoire de Willy, grâce à qui je savais à nouveau rire. Et il m'avait appris le vrai goût de la vie, qui est un hymne à la joie, même si des fleurs meurent trop tôt. J'arrivai en classe en retard. Et avant que Mme Gireau puisse dire quelque chose, j'expliquai :

– Désolée du retard, mais j'ai croisé des fées qui cherchaient leur chemin, je les ai donc aidées.

Ma professeure me répondit, amusée :

– Pas de problème, Chiara !

Malgré mes yeux rouges, je ne pouvais m'empêcher de sourire en me disant que Willy était sans doute là, à côté de moi. Car si l'on y prête attention, il y a toujours un Willy à nos côtés...

Romane Le Diouron

On a cinq ans

J'ai longtemps eu du mal à trouver ma place dans ce monde, à comprendre les codes de notre société. Je me suis toujours posé beaucoup de questions. Avant d'écrire pour raconter, j'ai écrit pour mettre des mots sur ce que je ressens. Pour comprendre et pour organiser mes pensées quand celles-ci vont trop vite pour moi et me submergent. J'écris aussi pour prendre du recul avec la réalité, pour avoir le temps de tout analyser.
L'inspiration pour écrire des histoires me vient souvent d'événements du quotidien, personnels ou issus d'observations, qui sont redessinés à ma manière et qui en deviennent des éléments fictifs. Écrire, c'est avoir la possibilité de vivre plusieurs vies en une seule, de transmettre des messages, de rêver.
Je m'appelle Romane, j'ai seize ans, et plus tard je veux être écrivaine.
L'histoire que vous vous apprêtez à lire est celle de trois amis qui évoluent dans notre monde actuel, de l'enfance à l'âge adulte. Je pense que l'amitié est une valeur universelle et que chaque personne a besoin de quelqu'un sur qui elle peut se reposer.
Avant de vous laisser avec mon récit, je tiens à remercier mes parents, qui m'ont toujours soutenue dans mes projets, et mon petit frère, qui n'a certes jamais lu ce que j'ai écrit mais que j'aime énormément quand même... Ma professeure de français de cinquième, qui m'a fait découvrir le prix Clara. Ma famille, mes amis, chaque personne que j'ai rencontrée et qui m'a fait grandir et grâce à qui je suis celle que je suis aujourd'hui.

Léo.
On a cinq ans.

On est petits.

On est insouciants.

On va à l'école. On est dans la même classe. J'aime bien l'école. Les adultes sont gentils. On s'amuse. On rêve de devenir grands. On joue à être grands. Zélie veut être astronaute. Gabriel veut être pompier. Moi, je veux être pâtissier. Ce sont mes meilleurs copains. Je les aime. On s'amuse bien tous les trois.

On joue à loup touche-touche dans la cour. C'est moi le plus rapide et le plus fort à chaque fois.

On apprend à lire. On apprend à écrire. On apprend à compter. On nous prépare pour le CP. Pour la grande école. J'ai hâte d'y être, même si ça me fait aussi un peu peur. Zélie écrit super-bien. La maîtresse l'a félicitée. Je suis un peu jaloux. Mais je ne le dis pas.

Je suis content pour elle.

Nos parents se connaissent. Ils s'entendent bien, je crois. On va jouer les uns chez les autres. On se voit souvent en dehors de l'école.

J'ai de la chance. Même si je n'en suis pas encore vraiment conscient.

On est petits.

On est insouciants.

Gabriel.
On a huit ans.

J'ai eu un petit frère. Il a deux ans. On a six ans d'écart. Il est petit. Je l'aime beaucoup.

Il pleure la nuit. On dort dans la même chambre. Je dors moins bien. Je l'aime quand même.

Lui aussi, il les aime bien, Zélie et Léo. Il dit que Zélie, c'est sa grande sœur. Je lui ai expliqué qu'on n'a pas les mêmes parents, qu'elle ne peut pas être notre sœur, que ça ne marche pas comme ça. Mais en fait, il n'a pas totalement tort. C'est un peu ma sœur, Zélie.

Depuis quelques semaines, on est tout seuls, avec Léo.

Zélie, elle est malade. Elle ne vient plus à l'école. Elle est à l'hôpital. Papa dit qu'elle va s'en sortir. Qu'elle est forte. Je ne comprends pas vraiment.

On va la voir avec Léo. Tous les lundis soir. Tous les mercredis après-midi. Et tous les samedis matin. Elle est fatiguée. On ne reste pas trop longtemps.

Elle a un lit génial. Il se lève et redescend grâce à une petite télécommande. Elle nous a dit qu'elle peut aller décrocher les étoiles avec. Je la crois. Elle a toujours voulu aller dans l'espace.

On lui raconte l'école. Elle aime bien nous écouter. Elle a l'impression d'être un peu avec nous. On s'ennuie, sans elle. J'espère qu'elle reviendra vite.

On lui a fait des dessins, avec tous nos copains, dans la classe. Elle était contente. Elle les a affichés sur le mur en face de son lit.

Demain, on lui apportera le livre qu'on est en train de lire en cours. *Le Petit Prince*, de Saint-Exupéry. Lui aussi, il s'envolait dans le ciel. Je pense que ça va lui plaire.

Elle va guérir. Je le sais. Parce que c'est Zélie. Et que c'est la plus forte et la plus courageuse de nous trois. Léo, il est d'accord avec moi.

Oui, c'est un peu ma sœur, Zélie. Elle va guérir.

Zélie.
On a onze ans.

On rentre au collège. On a peur. On est petits, noyés au milieu des grands. Ça nous effraie. Mais j'ai Léo et Gabriel. Il ne peut rien m'arriver avec eux. J'ai de la chance. On est forts tous ensemble. On ne se lâchera pas.

Ils m'ont toujours soutenue. Depuis qu'on est tout petits. Ils m'ont tout le temps protégée des autres. Ce n'est pas toujours facile d'être une fille, mais même quand j'étais malade, ils sont venus me voir presque tous les jours. Jusqu'à ce que je guérisse. Je les adore. Je ne serais pas la même s'ils n'étaient pas là.

On est dans la même classe. Nos parents avaient demandé. Le principal a accepté. Ça me rassure. J'ai un peu moins peur.

On découvre le collège. C'est plus grand que notre ancienne école. On se perd dans les couloirs. Il faut le temps de s'habituer. Il y a beaucoup plus de monde. On est plus libres, aussi. On garde nos sacs dans la cour. Parfois, on finit plus tôt l'après-midi. On a un professeur par matière. On vouvoie les adultes.

Ce n'est pas comme à l'école. C'est différent. C'est bien aussi.

Léo.
On a presque quinze ans.

On a l'impression d'être grands. On joue à être grands.

C'est bientôt les vacances. La fin du collège. Plus qu'un mois et demi. On a plus envie d'aller en cours. Ou seulement pour voir les potes. On a la flemme.

On se demande ce qu'on fait là. On est un peu paumés. On fait comme si on connaissait tout. Comme si on savait déjà tout, qu'on avait tout vécu. Mais au final, on est tous pareils. On est un peu ridicules. Tous autant paumés les uns que les autres. On cherche à s'impressionner. Ça ne marche pas vraiment.

On s'engueule, aussi, parfois, entre nous. On se reproche des choses pour rien. Mais dans le fond, on sait qu'on ne le pense pas vraiment. On a besoin de contredire.

On s'engueule avec les parents. On veut avoir le dernier mot. On cherche les limites. On veut les repousser. On essaye de se rebeller. On ne gagne pas souvent à ce jeu. On trouve que c'est injuste. On est des adolescents.

Nos corps changent. Les filles s'éloignent des garçons. Ou s'en rapprochent, ça dépend des fois. À moins que ce ne soient les garçons qui s'éloignent des filles, je ne sais pas vraiment.

Les filles se maquillent. Les garçons jouent les gros bras. On change de style de vêtements. On veut suivre les modes. Faire comme tout le monde. Pour ne pas être différents.

On se cherche. On cherche à comprendre les autres. On se découvre. On fait des rencontres. On tombe amoureux. On croit que ça durera toute la vie. On se fait des illusions, parfois. Mais pas tout le temps.

Zélie s'est trouvé un copain. Elle passe moins de temps avec nous. On veille sur elle, de loin. Elle a le droit de faire sa vie. On n'est pas ses parents. Mais on prend soin d'elle.

Gabriel.
On a dix-sept ans.

On stresse. Les épreuves du bac approchent. Plus que deux semaines. Après ça ira. On pourra souffler. Se détendre.

On a le nez dans nos cours. On s'oublie dans le travail. On bosse jusque tard dans la nuit. Zélie m'aide avec la philo. Je ne comprends rien. Je ne sais pas comment je vais m'en sortir. Ça va aller.

Léo finit son CAP de pâtisserie. Il est doué. Il ira loin.

On le voit souvent, le soir, après les cours. Et aussi à midi. Son lycée est juste à côté du nôtre. On va déjeuner ensemble en ville, parfois. On va acheter un sandwich à deux euros. Ce n'est pas ce qu'il y a de meilleur, mais au moins ce n'est pas trop cher. On se pose au bord du lac, les pieds au-dessus de l'eau. Et on parle.

On discute de la vie. On parle de l'avenir. On se confie, parfois. On garde une certaine pudeur, aussi. Parce qu'on se connaît depuis longtemps et qu'il y a des choses qu'on préfère ne pas dire à voix haute. Ou qui n'ont pas besoin d'être dites à voix haute. On n'assume pas toujours ce qu'on ressent. On a dix-sept ans.

On fait des soirées. On fait le mur. On s'amuse. On boit. On regrette, le lendemain, quand le mal de crâne nous rattrape. Mais on est heureux.

Plus que deux semaines. Il faut bosser.

Zélie.
On a vingt ans.

On est jeunes.

On est insouciants.

C'est l'été. On part voir l'océan. Onze heures trente de route, sans compter les pauses. Léo conduit. Gabriel chante faux à côté de lui. La musique résonne à fond dans les haut-parleurs. C'est la nuit. Il y a des étoiles dans le ciel. Il n'y a personne sur la route. Il fait chaud. Il fait beau.

On a chacun pris des chemins différents.

Je suis partie faire mes études de droit à Paris. Je vis au rythme de la capitale. Ça me convient bien, je crois. Je rencontre des gens. Léo et Gab me manquent au quotidien. On s'appelle souvent. Et on vient se voir quand on a quelques jours de libres. De temps en temps.

Gabriel est serveur dans un bar. Il est heureux avec son nouveau copain, Maxence. Ils vont bien ensemble. Ils s'aiment. Je suis contente pour lui.

Léo est pâtissier. Il a ouvert sa boutique l'année dernière. Il a un peu de mal à tout gérer. Trop de commandes et de clients, pas le temps de tout faire. Il va certainement embaucher quelqu'un. Ça serait une bonne nouvelle.

On roule jusqu'au bout du monde. Ensemble. Une semaine rien que tous les trois. Le vent par la fenêtre ouverte fait voler mes cheveux.

On est bien. On s'aime. On est invincibles.

On profite de la vie.

On est jeunes.

On est insouciants.

On a vingt ans.

Remerciements

Nombreux sont ceux qui ont mis leurs compétences, leur énergie et leurs moyens au service du prix et du livre.

Nous exprimons notre reconnaissance aux entreprises et aux institutions suivantes :
La Fondation d'entreprise La Poste,
pour son soutien à l'édition.
La Fondation Bettencourt Schueller pour son soutien exceptionnel à la communication réalisée cette année autour du Prix.

Fondation Bettencourt Schueller
Reconnue d'utilité publique depuis 1987

La mairie de Paris,
pour son accueil lors de la cérémonie de remise du prix.

Toute notre gratitude aux médias qui nous ont gracieusement offert des encarts publicitaires.

Page des libraires, Play Bac Presse, engagés à nos côtés dès l'origine.

Nous remercions tous ceux qui, au sein de ces entreprises et institutions, se sont personnellement impliqués en faveur du prix Clara.

Nous remercions également le service éditorial des Éditions Fleurus qui a travaillé à la réalisation de cet ouvrage, ainsi que le service marketing et presse qui en assure le rayonnement.

Merci aussi au cabinet Jones Day et ses précieux conseils.

Merci également à Olivier Mentz, qui œuvre au rayonnement du prix Clara en Allemagne.

Enfin, cette liste ne serait pas complète si nous ne mentionnions les équipes de commerciaux et les libraires qui ont accueilli et défendu ce prix avec générosité et conviction.

Comme dans chaque liste de remerciements, il y aura des oubliés. Par avance, nous demandons à ceux-ci leur indulgence. Cette aventure étant collective, nous sommes certains que l'anonymat ne leur pèsera pas.

Le jury du prix Clara

Présidé par Érik Orsenna (président d'honneur) et Héloïse d'Ormesson (présidente du jury) et composé de Christine Albanel, Camilla Antonini, Dominique Blanchecotte, Gilles Cohen-Solal, Philippe Delelis, François Dufour, Isabelle Lebret, Bernard Lehut, Sarah Léon, Sarah Malherbe, Vincent Montagne, Claire Renaud, Romain Sardou, Jorge Semprun †, Margaux Solinas, Bernard Spitz, Hugo Spitz, Alexandre Wickham.

Comment participer au prix Clara 2024

Pour concourir à la prochaine édition du prix Clara, il faut être âgé de moins de dix-huit ans et de plus de treize ans au 28 septembre 2024 et soumettre une nouvelle de cinq à vingt pages (de 7 500 à 30 000 signes, espaces compris).

Votre texte, en langue française, doit être envoyé avant le 20 mai 2024 par voie postale ou par courriel avec une attestation sur l'honneur de l'avoir rédigé sans l'aide d'une tierce personne.

Le prix Clara sera décerné au cours de l'automne 2024.

Les lauréats verront leur œuvre publiée par les Éditions Fleurus.

Le livre étant à vocation caritative, les bénéfices de sa vente seront versés à l'Association pour la recherche en cardiologie du fœtus à l'adulte de l'hôpital Necker-Enfants malades (Arcfa).

Pour participer, envoyez votre texte, accompagné de l'attestation sur l'honneur, par courrier postal à :

Éditions Fleurus
Prix Clara
57, rue Gaston-Tessier
75019 Paris

ou par courrier électronique à :

prixclara@fleuruseditions.com

Pour faire un don

Clara souffrait d'une malformation cardiaque de naissance. Les jeunes qui en sont atteints vivent rarement plus de vingt ans.

Il est possible de dépister cette malformation. Cependant, aucun élément ne permet d'être alerté, car l'enfant ne manifeste aucun signe annonciateur. Les médecins ne savent ni pourquoi ni comment ce type de malformation cardiaque, grave, se développe.

Deux mois avant la mort de Clara, un professeur de cardiologie pédiatrique de l'hôpital Necker-Enfants malades avait créé l'Arcfa : l'Association pour la recherche en cardiologie du fœtus à l'adulte.

Vous aussi, aidez-nous à soutenir ces recherches pour qu'un jour, des outils de diagnostic puissent exister et que ces enfants soient soignés. Vous trouverez des informations sur les progrès du programme de recherche de l'association sur le site du prix Clara.

Vous pouvez faire un don :

au Prix Clara* :

Association Prix Clara
31 rue d'Anjou
75008 Paris

ou directement à l'ARCFA :

Hôpital Necker AP-HP
149 Rue de Sèvres
75015 Paris

*qui vise, outre la couverture des coûts d'organisation du concours, à financer l'Arcfa.

N° d'édition : 23L0500
Achevé d'imprimer par Rotolito en Italie en octobre 2023.
Dépôt légal : novembre 2023

Certifié PEFC
Ce produit est issu de forêts gérées durablement et de sources contrôlées
PEFC
PEFC/18-32-94
www.pefc-france.org

Les Éditions Fleurus utilisent des papiers composés de fibres naturelles, renouvelables, recyclables et fabriquées à partir de bois issus de forêts qui adoptent un système d'aménagement durable. En outre, les Éditions Fleurus attendent de leurs fournisseurs de papier qu'ils s'inscrivent dans une démarche de certification environnementale reconnue.